致青春 022

她的小梨窩

（上）

唧唧的貓　著

高寶書版集團

目錄
CONTENTS

第一章

一中亂不亂，辭哥說了算。

盛夏的臨城悶熱不堪，天空透藍，白雲夾雜著一絲煩燥。

昨夜一場雨下完，氣溫不降反升。蟬鳴聒噪，學校黑色的鐵欄上，薔薇花開得正好。

許呦揹著白色的書包，趴在二樓的欄杆上，透過茂密的樹影間隙看遠處熱鬧的籃球場。被曝晒的塑膠跑道上，有一群男孩子奔跑的身影。

又等了一會兒，陳麗芝和一位年輕的女老師終於從教務處走出來。

許呦站直，乖乖巧巧地喊了一聲：「小姨。」

陳麗芝點了點頭，把她手臂牽過來，和身邊那個微胖的女老師笑著說：「那我們家這孩子就交給您了。」

許慧如推了推眼鏡，低頭掃了一眼名單上的名字，念出來：「許呦，怪巧的，跟我同個姓。」

臨市一中，臨城最好的私立學校。

因為父母工作調動，許呦就跟著一起來到這個北方的大城市。託了小姨找關係，轉進這所學校當轉學生。

一中分為國中部和高中部，大多數學生都是本地人，住宿生不多。

許志平在來的時候，一路上囑咐了許呦幾句。讓她到了那裡好好學習，別浪費時間。這番話的重點大概就是在這種私立學校，周遭同學家裡通常不是有錢人就是有權人士，學習風氣肯定不太好。

不過許呦從小成績出眾，乖巧也不鬧事，所以許志華沒有太擔心，說了一會兒也沒再多說。

走廊上。

許慧如看著許呦乖順的模樣，詢問了前一所學校的一些情況。

大致瞭解以後，許慧如心裡很滿意，終於來了個像模像樣的轉學生。像這種家教良好，成績優異的學生，說不定能矯正班風。想完又有點擔心，這孩子文文靜靜的，看上去就老老實實，容易被欺負。

自從她上個學期被學校安排當了九班的班導師後，真是操了不少心。

班上的那群學生一個比一個讓人頭疼。不尊重師長，不在乎班級集體榮譽感，喜歡打架鬧事。像一中這種私立貴族學校，都是大少爺大小姐們聚集的地方，九班的少爺小姐是出了名的多，脾氣一個比一個桀驁，還有挺強的優越感。

到教材科領了書本，許呦跟在班導師身後去班上。下課鐘聲剛響，三三兩兩穿著校服的男生女生從身邊走過。

走廊上迎面碰上兩個穿著籃球衣的男生，他們一看到許慧如，立即停下來敬了個禮，兩人齊聲大吼：「許老師好！」

嗓門大得把許呦嚇了一跳。

北方的男同學好像都是這麼人高馬大，聲音也特別洪亮。

許慧如點點頭，算是示意，隨口問了一句：「你們剛上完體育課？」

「嘿嘿。」其中一個皮膚黝黑，滿臉淌汗的男生伸出脖子，瞧了瞧班導師身後安安靜靜站著的許呦，笑嘻嘻地問：「老師，這是我們班那個新同學嗎？」

許慧如揮了揮手，打發他們道：「管那麼多。」

走遠了，許慧如交代她：「妳以後少理班上那群不學無術的男生，好好學習知道嗎？」

許呦點頭，「知道了，老師。」

「嗯。」

許慧如看了看她身上穿的棉布連身裙，想起來：「等一下上午上完課，去至誠樓的大廳領校服。」

一個轉彎，九班就在樓梯旁邊。

教室裡熱熱鬧鬧，追逐打鬧，人聲喧嘩，都在各玩各的。在許慧如踏進門的那一瞬間漸漸安靜下來，大家的視線都集中在班導師身後那個陌生的轉學生身上。

許呦抱著書，走在靠近講臺的地方停下。

明亮暈黃的陽光，柔和地勾勒她的身形。鬆軟的黑髮垂在胸前，腳下有斜斜的影子。剛過膝的白色連身裙、短棉襪，露出細瘦伶仃的腳踝。

因為下一節物理課馬上就要開始，老師已經夾著書等在門口。許慧如也不打算讓許呦做自我介紹，直接手心下壓示意安靜，而後簡短地介紹了一句：「這是新同學，叫許呦，大家歡迎一下。」

大多數人眼睛還看著許呦，有新奇有驚訝，短暫的凝固後，「歡迎新同學啊！」

後排有些調皮的男生坐在書桌上，手肘撐著膝蓋，對許呦吹了一聲口哨，伴隨著幾個男生的哈哈大笑。

「好了好了，不要鬧！」許慧如單手拍了拍書桌，止住即將躁動起來的氣氛。她眼睛四處瞄了瞄，手指往第四組後面那個方向隨意一伸，對許呦說：「妳先坐那個空位。」

過了兩秒，許慧如好像意識到不妥，猶豫了一會兒，拍拍許呦的肩：「妳先坐一段時間，下星期就要換位置了。」

「好。」

於是許呦在全班的注視下，穿過小組間隙，走到第四組後面倒數幾排的走道站定。

那裡很亂，地上還零星地躺著幾根吸了一半被摁滅的菸頭。書本和草稿紙毫無章法地堆在桌椅上，椅子下還有籃球。

許呦停下了腳步，站在那裡，有點猶豫。

倒數第二排，一個穿著黑T恤的男生坐在裡面，沒穿校服。他靠在牆壁上，明目張膽地低頭玩手機。好像從她進教室起就沒抬過頭。

看許呦停在那裡，剛剛吹口哨的人對那個玩手機的男生邪笑：「阿辭，你新同桌來了。」

被叫阿辭的男生，單手撐著頭，支在書桌上。估計剛剛在體育課上也奔跑過，一頭黑髮濕漉漉的。

他嘴裡嚼著口香糖，一開始沒理會，被人傾身推了一下才慢慢抬頭。漆黑的眼上下掃了一遍站在面前的女生。過了一兩秒，他慵懶散澹地把交疊在椅子上的雙腿挪下來，讓位置給許呦。

「等等。」許慧如臨時反悔，站在教室門口喊：「宋一帆，你跟新同學換個位置，讓許呦坐到前面一排。」

許呦心裡鬆了一口氣。

下一節課是物理課，老師是個地中海的中年男人，外號叫李鐵頭。他在年級裡也是數一數二出名的嚴格，對待學生如同對待敵人，秋風掃落葉似的無情。

儘管九班的學生皮得不行，還是有點怕李鐵頭。

小組長離開座位，一個個收上一次物理作業的作業本。

許呦低頭，把書包裡的本子和鉛筆盒拿出來，放到書桌上。然後整理剛剛領到的新書，一本一本擺放整齊。

她的同桌是個很漂亮的女生，桌上亂七八糟地擺放著化妝品和電棒捲。小捲髮披在身後，正在舉著小鏡子補口紅。

許呦匆匆掃了一眼就端正身體，看向黑板，準備認真聽講。

第四組的小組長是個戴眼鏡的女生，高高的，紮著馬尾。她收到許呦後面一排的時候，故意把本子往桌上重重一擱，聲音尖細：「謝辭，交作業。」

原來他叫謝辭，許呦默默在心裡想。

等了一會兒。

「我的啊？沒寫。」一個無所謂的聲音響起，似笑非笑的。

宋一帆陰陽怪氣地說：「小組長，後面我們一群人的作業妳都不收，怎麼就盯上阿辭了呢？他到底對妳幹了什麼？」

旁邊有人搭腔：「對啊，不就是長得帥了點，需要老是找碴嗎，夏菲北？」

「是不是……嗯？」他故意拉長音調，曖昧的語氣立刻惹得後面一群人哄笑。

「宋黑皮，你怎麼這麼討厭，真煩人！」

夏菲北氣得罵了一句，頭髮一甩，把作業抱到懷裡走了。那語氣雖然氣急敗壞，但還是有被戳中心事，掩飾不住的嬌羞。

少女的那點敏感情懷，昭然若揭。

許呦想努力把精力集中在講臺上，還是聽到右後方傳來陣陣笑聲：「年級老大的作業也敢收，小組長真厲害。」

李鐵頭準備上新課程，電磁學。

電磁學是高中物理比較重要的難點之一。許呦早就在補習班學完，寫了很多練習題。她拿出物理課本，翻到老師要講的那一頁。

對她來說，學習和寫題目是像呼吸一樣本能的事情。

「噯，新同學，妳叫什麼？」付雪梨補完妝，自來熟地拿起許呦放在桌上的學生證，瞅了兩眼又放回去，「許呦？」

「嗯……」許呦壓低了嗓音，垂下眼睫輕輕點了點頭。

「名字怪繞口的。」

許呦：「……」

「念多了就不會了。」許呦認真地說。

「噗，我叫付雪梨，下雪的雪，梨子的梨。」她忍著笑自我介紹。

許呦悄悄看她一眼，又點點頭，「記住了，妳名字真好聽。」

付雪梨笑出來，心想這孩子是不是有點天然呆。看她一副乖乖好學生，上課講話怕被老師發現的模樣，付雪梨覺得真可愛。和她在一起玩的朋友，不是老油條就是叛逆分子，沒一個怕老師的。

九班兩極分化嚴重，小團體很多。大致分成兩群，成績好和有錢的。兩邊誰也看不上誰，但都有共識地誰也不招惹誰。付雪梨就屬於典型的有錢混日子，交的朋友也是不學無術，整天吃喝玩樂的類型。

像許呦這種素面朝天，聲音輕柔，眉眼細小潔淨的女孩子，她還真是第一次碰到。臉也小小的，身高也很嬌小，像個國中生。一看就是生活作息規律，學習成績優良的好學生。

付雪梨在心裡暗自腹誹，把許呦的學生證放回原處，百無聊賴地拿出手機來玩。

§ § §

上午還剩下兩節課，一晃眼就過去了。

第五節課下課鐘一響，班上的人迅速散光去吃飯。

許呦不喜歡和別人擠，於是打算等人走光了再走。她隨手扯了一張草稿紙，趴在桌子上，一步步地算老師上課時出的一道題目。

「新同學，這麼愛學習啊。」

宋一帆走過許呦身邊，隨意一瞟。看她低頭不停寫字，他嘴賤慣了愛調戲人，順勢開腔感嘆：「哎喲，很上進嘛。」

吊兒郎當的聲音，很不正經。

許呦的筆尖一頓，過了幾秒，不知道說什麼，於是又埋頭繼續算題。

突然間唰的一下，一本書砸到宋一帆身上。

付雪梨瞪了他一眼，毫不避諱地直接說：「你一個大男人，別整天逗人家小妹妹好嗎？」

「我靠，疼死了。」宋一帆吃痛地揉了揉肩膀，「我剛剛還是妳同桌呢，怎麼這麼暴力？表示一下對新同學的關心不行嗎？」

「滾。」

付雪梨懶得理宋一帆，她哪不知道他在想什麼。他們那群人，看到許呦這種乖乖牌好學生就習慣性犯賤，喜歡在人面前找存在感。

她拎上單肩包，從許呦後面擠出去，「許呦，妳什麼時候去吃飯啊？」

「啊？」許呦仰頭看付雪梨，思考了一會兒說：「馬上就去了。」

「妳現在不走？」

「題目沒寫完。」

這時，教室門口有一群其他班的男生等著。三三兩兩地倚在走廊上，有人往裡探頭：「阿辭，你好了沒有？」

宋一帆立馬答應：「來了來了，我和他馬上就去，你們先去堵人。」

似乎有倏忽的風聲，許呦餘光裡出現一雙黑紅色的運動鞋。謝辭停在她身邊，單手拎著藍白色的校服外套。

桌上的草稿紙突然被抽走，許呦猝不及防，手臂順勢一抬，黑色水性筆在紙上劃出一條線。她視線下意識地向上移，撞上一雙漆黑的眼睛，眼角稍稍挑起。那個人靠著她的書桌，食指和中指夾著薄薄的紙張，玩世不恭地歪頭，隨意上下掃了一眼。

他邊看邊挑眉，薄薄的唇角帶點弧度。

草稿紙上，半點胡亂塗鴉的痕跡都沒有，幾行方正秀麗的小楷，解題公式列得整整齊齊，旁邊還寫著一句：業精於勤，荒於嬉。

講臺上的宋一帆百無聊賴，看謝辭杵在那兒拎著一張紙笑，隨便挑了半截粉筆往他身上丟，「大哥，外面一群人都等著你呢，快點啊。」

教室外的七八個男生跟著附和，「阿辭，快點。」

「哼。」聞言，謝辭偏頭看了他們一眼，手一鬆，紙張輕飄飄地落到桌上，伴隨著似有若無的一句話，「這麼愛學習啊？」

謝辭單手撐在書桌上，頭低下來對著許呦，「那商量一件事唄，新同學？」

他身子長，看她不得不彎點腰。

許呦沉默不語，整理著被弄亂的草稿紙。

「幫我寫份物理作業。」

「……」

他也不管她有沒有同意，懶洋洋地說完，就帶著班上剩下的男生離開教室。

等許呦認真地研究完老師出的題目，教室裡基本上沒有人了。

頭頂的電風扇還在晃悠悠地轉，立式的空調扇葉合攏。

她收拾好東西，掩上教室的門出去。

學校很大，國中部和高中部不在同一區，一路過去有幾家超市和奶茶店。風裡夾雜著一股股熱浪，柏油路面發燙。

小路兩旁的樹蔭掩映著一棟棟教學樓，許呦找了個人問路，找到至誠樓領校服。

春季、秋季校服各兩套，都用透明的塑膠袋裝著。

從至誠樓出來，許呦轉了幾圈，發現旁邊有一條栽滿月季花的走道，隔著一片草地，有一堵老舊的牆壁，爬牆虎被陽光打出斑駁的光斑。

她腳步一頓，看到一隻貓有些歡欣地跑進去。許呦走過去，蹲下身子。潮濕的土壤裡還有一些不知名的小白花，和偶然停留下來的蝴蝶。

許呦喜歡花，她從小就跟外婆一起生活。外婆家前有一個小花圃，種滿了梔子花、蘭花、太陽花、玉蘭花。大概是沒有朋友和她一起玩，許呦的性格一直很文靜。每次一放學，她就揹著書包蹲在花圃面前看，有時候聞一聞，一晃眼就到了吃晚飯的時間。

樹葉被風吹得嘩嘩急響，她又看了一會兒，撐著膝蓋，打算站起來去找寢室。

突然，一陣急促的腳步聲，夾雜著一群男生罵罵咧咧的聲音靠近。許呦心裡一緊，側頭從縫隙裡往外看，當即一愣，用手捂住嘴巴。

好像有兩群人，推推扯扯地爭吵著什麼。

許呦屏住呼吸，小心翼翼地觀察了一會兒也不敢動彈，生怕被發現。

她小時候被哥哥拉著看《古惑仔》，對那些砍殺的畫面留下不少陰影，所以很怕小混混，尤其是那群人裡面還有幾個男生染著金髮，看上去像社會青年。

瞧了幾眼，她發現那群人裡面居然有兩個人有點眼熟，好像是同班同學……

許呦有點呆住。

是那個很沒禮貌，搶她草稿紙的男生，和另一個調皮的黑小子。

宋一帆、謝辭。

在一群拉拉扯扯的人中間，他們倆站在一旁聊天。謝辭披著校服外套，斜倚著牆，漫不經心地抽菸。

「謝辭，你別以為人多我就怕你！」

付一瞬雙拳握緊，很是憤怒：「你以為自己很厲害？找人來搞我？」

「嗳嗳嗳嗳，你怎麼說話的？」

有人忍不住了，上前去推付一瞬的肩膀，也是火氣大：「你自己犯賤，就叫你別去找邱青青，你不知道她是辭哥女朋友？」

這個名字被說出來，付一瞬的臉色立刻變了。倒是謝辭，仍舊一副事不關己的懶散模樣，也不應聲。

一個人先動手，剩下的人也開始蠢蠢欲動。

氣氛劍拔弩張，一觸即發。

宋一帆愛耍嘴皮子，這時候還不忘記開玩笑，「謝辭厲不厲害你不知道？」

謝辭淡淡瞟了他一眼。

「聽過口號沒？」咳了兩聲，宋一帆正色。他指著謝辭，另一隻手拋著小石頭，抬起下巴來，「一中亂不亂，辭哥說了算，知道不？」

那一圈男生笑出來，連謝辭都忍不住，笑著踹了宋一帆一腳。

許呦躲在不遠處的樹叢夾縫中。默默心想，這一群人看起來就不太好惹。

她以前讀的學校裡也有他們這種學生，不過不多。總是成群結隊，或者三三兩兩地走在一起，笑鬧總是很大聲，打扮時髦。上學只是為了消磨時間，熱衷於做各種違反校規紀律的事，把蹺課當作樂趣。

許呦覺得自己和他們永遠在兩個世界。她每每碰到就會習慣性地避開，不沾惹是非，但今天……

那兩群人說起什麼，又發生了一點口角。付一瞬不知道聽到了什麼，一點就發怒，拎著面前一名男生的衣領，一拳揍上去。

伴隨著一聲憤怒的吼叫，剩下的人蜂擁而上，兩方人馬立刻扭打在一起。

混戰了一會兒，付一瞬那邊人不多，很快就敗落下風，被壓在地上。

許呦不遠不近地看著，謝辭單手插在口袋裡，俯下身，歪頭看著付一瞬的臉。

「別來惹老子。」說完，他抬手，在旁邊的牆壁上狠狠壓滅菸頭。

§ § §

等那群人走了，許呦臉色蒼白地蹲在原地，平復了半個小時的情緒才敢站起來。

才來學校半天，就已經見識到那群不良少年有多瘋狂。

飯也吃不下了，她不敢在校園裡閒晃，揹著書包，懷裡抱著校服，按照標示找到寢室。

因為是轉學生，加上九班的住宿生也不多，許呦就被分配到了別班的寢室。

四人房，備有空調和獨立衛浴，條件還可以。

午休時間，宿舍大樓裡很少人。

許呦的寢室在四樓，早上陳麗芝已經幫她收拾好床鋪，東西都安置好，女生寢室的阿姨也來交代過。許呦推門進去的時候，裡面幾個女生並不是很驚訝。

陳小紮著丸子頭，盤腿坐在床上玩手機，一抬頭就看到許呦推門進來。

寢室裡開了空調，許呦一進去，汗濕的背貼著棉質衣服，被冷空氣吹得瞬間發涼。

寢室裡有三個女生，兩個是五班的，還有一個是陽光班的。

室友人都很好，許呦簡單和她們聊了兩句就去收拾自己的東西。抓緊時間去浴室洗了個澡，順便洗了校服。

出來後，許呦用毛巾擦拭濕著的長髮，穿著小熊維尼的睡裙，露出大腿。

陳小眼睛一亮，感嘆著說：「我的天，許呦，妳好白啊。」

還不是普通的蒼白，是那種水水潤潤，白裡透紅的白皙。怪不得是南方來的，真是一方水土養一方人。

許呦不好意思地笑了一下。

陽光班的女生叫李玲芳，此時正趴在書桌上寫作業，聞言瞧了一眼許呦問：「妳是哪一班？」

「啊？」許呦動作一頓，想了想，說：「好像是九班……」

「哇，妳在九班啊！」

陳小瞬間有了興趣，也不玩手機了，興致勃勃地說：「那個班帥哥很多，而且好像都很有錢。」

帥哥……她腦海裡蹦出來一個人。

「我……不是很清楚。」許呦坐到自己床上，抿了抿唇，又想到中午發生的事情。

廖月敏和陳小同一班，都聽說過九班的事情。

每次星期一的升旗儀式，教務處的警告名單就會念出一大串九班人的名字。那幾個人大家聽得都耳熟了，在年級也出了名的混，連教導主任都懶得管。

「我們這屆的級草也在妳們班。」廖月敏加入話題，看著許呦，「妳早上去，有看到一個特別帥的男生嗎？」

「謝辭？」李玲芳轉著手裡的筆，搶著問。

陳小和廖月敏同時發問：「妳不是兩眼不聞窗外事，一心唯讀聖賢書嗎？」

李玲芳聳肩，「謝辭好像跟我們班的班花有點關係。」

陽光班的班花，邱青青，長得漂亮成績也好。人特別傲，很多人追，被廣稱為臨市一中版本的沈佳宜。

「不不，不是謝辭，是許星純，年級前三名的學霸，好像還是班長。」

廖月敏噘嘴，「不過謝辭也很帥啦，可是感覺他太花心了，換女朋友速度好快。」

許呦聽她們八卦，感覺無法加入話題，只好沉默著。坐在床上，慢慢等頭髮乾。她發著呆，開始憂愁起來。

那個惹不起的年級老大，好像叫謝辭吧？他的物理作業，到底該怎麼辦？

§ § §

下午的課從兩點半開始，有三節，晚自習不強求非住宿生參加。許呦把書本裝進書包，換上一件短袖，穿好校服外套去教室。

九月天，中午一過就格外悶熱。一路走過去，到教室的時候，額頭都冒出了汗。

都兩點十五分了，教室裡還只有零星的兩三個人。許呦坐在座位上望了四周一眼，把書拿出來，搖搖頭。

要不是知道早上他們班剛上完體育課，她幾乎都要懷疑第一節課是不是大家都跑去運動場集合了。

安靜地寫了一會兒數學題，陸陸續續有人來到教室。許呦手裡拿著筆，低頭翻書，一杯碎冰突然放在書桌上。

她抬頭，付雪梨拎著 Hello Kitty 的小皮包，笑咪咪地說：「小朋友，買給妳的。」

「啊？」許呦匆匆站起來，讓付雪梨進去，結結巴巴：「這……我……」

「什麼妳啊我的。」付雪梨晃晃腦袋，揚起眉毛，「妳不喝我就丟了。」

過了幾秒，許呦低下頭，很輕地說了一聲：「謝謝。」

她想了想，覺得這個班的新同學好像沒有外界傳言的那麼糟糕，至少她的同桌付雪梨真是一個熱情又好看的女孩子。

許呦咬著吸管，偷偷瞄了坐在旁邊玩手機的人兩眼。不小心吸了一大口，碎冰太冷了，凍得她渾身一顫，忍不住咳嗽，又怕影響到教室裡其他同學，只能捂著嘴。

許呦很少喝這種東西，她在家的時候只喝奶奶煮的白開水和綠豆水，那些奇奇怪怪的飲料和冷飲從來不碰。

付雪梨看她這個樣子，噗的一聲笑出來，突然問：「喂，小朋友，妳有沒有男朋友啊？」

「啊？」許呦愣了愣，搖搖頭，「沒有。」

「妳長得這麼可愛，沒人追妳？」

許呦被說得不好意思了：「我不可愛，妳是第一個誇我可愛的人。」

「真的嗎？」付雪梨又笑起來，「說明我眼光好啊。」

兩個人就這麼窩在座位上，你一句我一句地聊了起來。

其實許呦不是傳統意義上的內向女生，只是有些慢熱。熟了之後，她覺得自己其實也有很多話說。

漸漸地，班上的人差不多到齊了，教室裡有些嘈雜，老師夾著講義走上講臺。

許呦快速喝完杯子裡剩下的東西，收拾收拾桌面，拿出自己的語文課本。

「噯，第四組後面怎麼空了兩個位置，是誰？」語文老師指過來，問班長。

「謝辭和宋一帆。」班長站起來，聲音不鹹不淡地回答，顯然已經應付這種問題很多次了。

語文老師翻了個白眼，也不繼續再問。這兩個人，好一點就準時進教室，壞一點就遲到。各科老師覺得煩，卻拿他們沒什麼辦法。

她喝完一口水，拿起粉筆，在黑板上寫下《荊軻刺秦王》。寫到一半，教室後門被砰的一聲撞開。

全班視線都看過去，語文老師手一頓，轉過頭。

謝辭和宋一帆若無其事地頂著全班的目光，一前一後晃晃悠悠地進來。

語文老師似乎是忍了一下，沒發脾氣，轉過頭繼續把黑板上的字寫完。

許呦膽戰心驚地聽著後面的動靜，咣噹，咚！

兩位大爺拉出椅子，搞出一番不小的聲響，終於坐下來。

「你們去幹嘛了啊？付一瞬的事情解決了沒？」付雪梨背靠在謝辭桌子上，壓低聲音，轉頭去看他們。

謝辭懶得說話，從抽屜隨手翻了一本書，啪的一聲甩到桌上。

宋一帆抖腿，無所謂地說：「付一瞬算什麼，我和阿辭找人把他搞了一頓，然後去網咖打遊戲了。」

「噯不是，阿辭你真的跟邱青青定下來了嗎？」付雪梨瞅他，「那個女的，一股婊氣，我不喜歡。」

「妳就是嫉妒別人比妳好看。」宋一帆在旁邊不以為意。

「不是，宋一帆你不覺得嗎？」付雪梨一臉認真，「阿辭帶她出去玩了幾次，感覺她很瞧不起我們這些成績差的。」

宋一帆又不在乎，喔了一聲後說：「人家出淤泥而不染嘛。」

謝辭從始至終不說一句話，有些不耐煩了，趴到書桌上準備睡覺。

「好，我們今天來上新課。」語文老師站在講臺上，清了清嗓子，「都安靜啊，我來找個人讀一下課文。」

班上瞬間鴉雀無聲，那麼長的文言文非要找人讀，有毛病啊？

大多數人迅速低下頭，躲避她巡視的目光。

語文老師掃視了一圈，眼睛一亮，指了指坐得端正的許呦問：「那個，後面的女生，早上來的轉學生嗎？」

許呦呆滯了一瞬。等反應到老師問的是她，四面八方都注視著自己，不由得羞紅了臉，默默站起來點點頭。

「叫什麼？」

「許呦。」

「從哪裡來的？」

「溪州。」

「哎喲，那個地方啊。」語文老師想了想，若有所思地點點頭，「南方人，怪不得這麼白呢。」

話音一落，全班哄堂大笑。

許呦訥訥地站著，微微低頭。她雖然從小到大成績優異，算是老師眼裡的寵兒，可是不知道為什麼，她就是很怕被點名回答問題，每次一站起來，耳朵都會漲得通紅。

語文老師很喜歡這種乖巧文靜的女同學，她點點頭說：「那妳來讀一下這篇課文給我們聽。」

夏日的陽光穿過玻璃，空氣裡一線線光柱，有細小的顆粒沉浮。

許呦校服的袖子被捲到手肘，露出一段瘦弱白皙的手臂。她捧起語文課本，從第一行開始念。

一字一句，聲音帶著江南特有的軟糯，腔調慢慢的，特別舒緩柔和。

「秦將王翦破趙，虜趙王，盡收其地，進兵北略地，至燕南界……」

語文老師邊聽邊點頭，臉上皺紋都笑出來了，看得出來很滿意。許呦讀得不僅順暢，許多生澀的字音都咬得很準，是提前預習的效果。

她讀到「風蕭蕭兮易水寒」的時候，被老師打斷。

「停。」語文老師做了個手勢，溫和地說：「妳把這句話再念一遍。」

許呦遲疑著：「風蕭蕭兮……」

「是風，後鼻音。」語文老師打斷她，和善道：「不是分，妳讀成分蕭蕭了。」

「風、風……」

許呦反應了一會兒，底氣不足。

南方人確實常常不分清後鼻音和前鼻音，標準話沒說得比北方人好。

宋一帆就在許呦身後，聽得一清二楚。他終於忍不住笑出來，抖著身子。一旁的謝辭單手撐著頭，低垂著眼睛看書上那一句「風蕭蕭兮易水寒」，咧著嘴也在笑。

兩兄弟一笑，其他人也噗噗笑出聲，課堂紀律瞬間被破壞。

語文老師正說著話，發現後面又起鬨，忍不住大力敲敲黑板，看那群男生痞痞的樣子就生氣，「宋一帆！！笑什麼笑，你來讀！」

宋一帆一秒鐘收住笑臉，苦兮兮地說：「又不是我一個人在笑，我同桌也在笑啊。」

「那你們一起！」

語文老師順了口氣，說：「許呦，妳先坐下來。後面的某些人，不想聽課就給我睡覺，別破壞課堂紀律！」

許呦雖然被笑得有些難堪，還是心裡鬆了口氣，安安靜靜地坐了下去。

付雪梨蹭過來安慰她，「沒關係，小朋友，宋一帆他們就是這樣賤習慣了，別放在心上。」

許呦點點頭，也不惱火，小聲說：「我不介意。」

等了一會兒，後面兩個人拖拖拉拉地站了起來。

「老師，我和謝辭是文盲，能不能放過我們？」宋一帆大大咧咧的，繼續耍嘴皮子。

語文老師眼睛一瞪：「要你們念就念，哪來這麼多廢話！謝辭先開始。」

謝辭肩靠著牆歪著，把書拿到眼前，掃了一眼，懶洋洋地繼續念：「分蕭蕭兮易水寒。」

這句話一出來，全班哄堂大笑。

語文老師怒目圓睜：「你們有完沒完？給我好好讀！」

許呦低著頭，看著語文課本，並沒有笑。她被後面那個人故意這麼一念，更覺窘迫。

唉。

她有點疲憊。

發了一會兒呆，宋一帆陰陽怪氣的調子讓許呦提起一點精神，於是又繼續握著筆認真聽講。

好不容易熬完兩節語文課，最後一節是自習課。

下課十分鐘，各種神魔鬼怪都在鬧，桌子椅子被一群打鬧的男生搞得移動吵雜。

許呦打開一本文言文注釋的課外資料，準備把新教的重點句子的解釋抄寫上去。唰唰唰寫了一會兒，上課鐘響，每個人都回到原位，上廁所的也從走廊上飛奔回教室。

付雪梨從第二節下課就開始睡覺，許呦把她放在桌上的書拿過來，順便幫她也抄了一份筆記上去。

自習課大致上還是很安靜的，偶爾有幾聲響動。

「喂，換個位置。」謝辭突然發聲。

宋一帆莫名其妙，「幹嘛？」

謝辭踹了他一腳：「快點，廢話那麼多。」

然後兩人悉悉索索地一陣動靜。

許呦筆尖頓了一會兒兒，確定沒什麼事情發生後才放下心來，繼續寫作業。安安靜靜地過了十幾分鐘，她的椅子突然被人踢了一腳，伴隨著一個聲音傳來：「喂，我的物理作業……」

許呦心一抽，不知道怎麼回答，自己又沒寫。不想打擾別人跟他解釋，只好裝作聽不到的樣子，繼續抄筆記。

過了一會兒，她的椅子又被踢了兩腳。許呦的背脊繃直，等他踢完，繼續寫作業。

宋一帆頻頻投來意味深長的目光，許呦表情僵硬，一直沒理。直到她的椅子被人用腳勾住，猛地往後一拖。

吱吱啦啦——一陣刺耳的聲音嚇了她一跳，趕忙扶住桌沿。

周圍的人都投來詫異的目光，付雪梨也被吵醒。

許呦終於忍不住了。她轉過去，也不敢看他，只能低眉順眼地小聲喃喃道：「同學，你的物理作業，我……」

「妳怎麼樣？」

「我不知道寫哪裡。」

「書拿來啊。」

謝辭居高臨下地看著她。

「什麼？」許呦愣住。

「物理課本。」

「啊？」

謝辭往椅背上一靠，微抬起下巴，挑了挑眉：「我幫妳把題目勾出來。」

真的很少見到這麼不講道理的男生。許呦壓下心頭的火氣，攤開桌上被勾畫地亂七八糟的物理課本，一邊在作業本上抄題一邊自我安慰，幫後面那個老大寫作業，寫就寫吧，反正她也惹不起。

忍一時風平浪靜，退一步海闊天空。

忍了脾氣，她還是想對後面的男生吼一句：自己的作業不能自己寫嗎？

他的作業本上，之前物理作業每一次的字跡都不大一樣。許呦翻了翻，大概知道自己不是第一個幫他寫作業的。

老師批閱和修改的痕跡也很少，一般只簽一個日期，顯然對謝辭這種要同學代寫的惡劣行為完全是睜一隻眼閉一隻眼。

科任老師都管不了他，何況是她呢？

沒兩三下，許呦只用了十幾分鐘就把他的物理作業寫好。書上練習題都是基礎的，許呦的物理一直都是強項，寫起來很輕鬆。

還有幾分鐘就下課，教室裡後排幾個男生陸陸續續走了。

付雪梨伸了個懶腰，手按在肩上轉動手臂對許呦說：「不用寫那麼認真，隨便畫兩筆就行了。」

心裡卻在納悶，謝辭幹嘛要許呦幫他寫作業，反正老師也不管他有沒有交。

「沒關係，已經寫完了。」許呦微抿著唇，完成最後一個字，把筆放下。

她抬頭看教室裡掛著的鐘錶，馬上要打鐘了。

許呦闔上物理作業本，沒回頭，舉在手裡往後遞。

等了兩三秒沒人接，她轉頭，和謝辭似笑非笑的目光撞上，他一點伸手去接的意思都沒有。

許呦能感覺到那道感到有意思的視線，在心裡默默嘆氣，沒再說什麼。把作業本放到他書桌上，轉身。

§ § §

轉眼到了星期五下午，高一高二的學生上完下午第二節課就可以放假了。

許多其他學校來的人堵著臨市一中校門口，熙熙攘攘熱鬧極了。

謝辭他們早早就出了校門，一群人在學校旁邊的咖啡店等著。

今天是四班李傑毅的生日。他平時和謝辭一群人很要好，剛好碰上週末，就準備晚上一起出去玩。

手機在原木桌上嗡嗡震動，響了又停。謝辭手裡拿著撲克牌，抽空瞄了一眼，沒理。

沒一會兒，宋一帆捅捅他的背，小聲地說：「兄弟，門口。」

邱青青手握成拳，在咖啡店臺階那站了一會兒。各種視線不懷好意地在她身上打轉，高傲和強烈的自尊心讓她無法踏進那扇門。

透過透明的玻璃窗，她甚至能輕易地看到謝辭的側影，嘴裡咬了一根菸，手裡甩出一張張撲克牌。

電話就在手邊，可他就是不接。

「你女朋友還要多久？」謝辭玩了一會兒牌，覺得沒意思，就把剩下的牌往桌上一丟後問李傑毅：「能不能打電話叫她快點？」

「吃飯不是還早嘛。」

李毅傑看他不玩了，也把手裡的牌放下。剛想說話，抬眼看到身後來的人，玩味地挑眉：「喲，我女朋友沒等到，倒是把你馬子等來了。」

「謝辭。」一個隱忍的女聲響起，謝辭嘴裡還叼著沒抽完的半根菸，以手肘撐著桌沿轉頭。

邱青青離他兩公尺遠，紅著眼眶，一字一句地說：「你跟我出來，把話說清楚。」

她選擇進來找他，終歸是相信謝辭對她不一樣，仗著他喜歡自己。

謝辭不說話，其他人連聲也不敢出，你看看我，我看看你，集體沉默。

這是怎麼回事啊？阿辭和沈佳宜什麼時候鬧翻了？

謝辭抓了一把頭髮，臉上淡淡的沒什麼表情，「出去幹什麼？」

邱青青：「不出去我們就分手。」

謝辭輕咬著菸，笑道：「那就分啊。」

話一說完就被迎面潑了一杯冷水，他只來得及閉起眼睛，水珠從黑髮、眼睫、嘴唇、臉頰緩緩滑落，唇裡含著的菸也被澆滅。

所有人倒吸一口冷氣，這女的真有勇氣，敢這麼動阿辭的，一中都沒幾個吧。

付雪梨本來在低頭玩手機，被這麼一鬧，抬頭往那邊看，只看到邱青青跑出門的背影。

老闆娘拿了一條乾淨的白毛巾遞給謝辭，「不追？」

謝辭還是那副無所謂的樣子，摘下嘴裡的菸，低著眼睛嗯了一聲。

宋一帆知道他壓著火氣，遲疑了兩秒後問：「你和邱青青怎麼回事……」

他知道謝辭這小子混，換女友速度快。追他的女生多，前女友也多，基本上交往不到一兩個星期他就膩了。不過上個月和邱青青在一起之後，謝辭好像一直也沒鬧什麼事，搞得宋一帆幾乎以為他要浪子回頭了，沒想到今天就來了這齣。

「是不是昨天晚上的事啊？」李傑毅噙著笑，賊兮兮地追問。

謝辭懶得回話，又咬了根菸到嘴裡。

昨天晚上他們去唱歌，邱青青也來了，一直坐在謝辭旁邊，誰也不搭理。看她那副不願意和他們同流合汙的樣子，大家都識相地不去打擾。

畢竟是學年有名的三好學生，長得又漂亮，就是人太傲了。

到後來，有人喝了點酒，開始玩真心話大冒險。一群人都玩嗨了，有一盤大冒險謝辭輸了，就親了一個女生。

反正都習慣了，沒人放在心上，然而沒想到邱青青直接沉了臉色，當場甩門走了。

付雪梨一臉不以為然，「分就分嘍，阿辭又不缺女的。」

說著說著，李毅傑的女朋友塗悠悠終於帶著她的一群朋友來了。

大概有兩三個學妹，都有點害羞。她們看到高二的一群扛把子坐在那裡，齊聲喊了一句：「學長學姐好。」

謝辭只抽了半支菸就壓滅了，順手丟到旁邊的垃圾桶裡。他拿起桌上的手機對一群人說：

「走。」

第二章

作業要自己寫，知識是自己的。

週五晚上，街道上人聲喧嘩。

許呦兩手提著袋子，裡面裝著剛剛在超市買的日用品和小零食。下午放學沒多久，她被陳小拉著離開學校，去沃爾瑪採購東西，兩人順便在外面吃了飯。此時胃有點脹，就打算步行回學校，順便消化。

「今天人好多呢。」陳小挽著許呦的手臂，沿著路旁邊走邊說：「終於放假了，我等會兒回寢室要把之前沒看完的劇補回來。」

許呦目光往她臉上轉了一圈，「馬上就要月考了，妳不複習嗎？」

「有什麼好複習的？反正我爸媽也不管我成績。」陳小撇撇嘴，低頭回訊息，沒注意到旁邊一輛黑色的SUV緩緩停在她們身邊。

一陣急促的喇叭響起來，許呦腳步一頓，下意識地轉頭往聲源看過去，SUV前後兩個車窗的黑色玻璃緩緩降下。

付雪梨趴在車窗邊緣探出半個身子，笑靨如花地對她們招手：「好巧啊，小朋友，妳和妳朋友去哪裡？我們載妳。」

陳小嘴巴小小地張成了一個O形，這不是、不是……九班的那群人……

謝辭單手搭著方向盤，屈肘放窗沿上，直勾勾地往這邊看。

晚風吹了吹，夾帶著夏夜的暖。

許呦回過神，應了一句：「不用麻煩了，謝謝你們。」

「別走啊。」付雪梨作勢要推開車門下來。

許呦後退兩步，舉起手裡的東西認真道：「不重，我和我朋友剛剛吃完飯，要順便散步一會兒。」

其實她是怕謝辭開車。他是未成年吧，無照駕駛上路真的很危險啊。

她的長髮鬆鬆垮垮地紮在腦後。穿著白色的校服短袖，站在路燈不遠處，氣質溫順柔軟。車內。

李傑毅坐副駕駛座上，頭往後仰看著許呦，順口問道：「那人是誰啊？好像沒在學校見過，你們認識？」

謝辭往後視鏡瞄了一眼就收回目光，看著前面，手指有一下沒一下地敲擊方向盤，「嗯，我們班的，付雪梨同桌。」

「有男朋友嗎？」李傑毅好奇地問。

付雪梨一聽怒了，瞪了他一眼：「人家是好學生，你省省吧。」

意思很明顯，讓他別動許呦。

「好學生怎麼了？妳問阿辭，他交過的好學生還少嗎？」李傑毅一臉曖昧。

付雪梨翻了個白眼，「和那些綠茶不同，她特別單純。你要是敢動我同桌，我就找人搞你信不信？」

看著她老母雞保護人的架勢，坐在一旁的宋一帆不懂了，「許呦是妳失散多年的妹妹吧，怎麼人才轉學來幾天，單純這詞都來了，妳們才相處多久啊，大梨子？關係就這麼好了？」

「沒啊。」付雪梨鄭重地說：「功課好，人還特別好的人，我就特別喜歡。」

「而且，」她轉頭看宋一帆，說：「你不覺得她特別可愛嗎？脾氣也超級好，我覺得你們都配不上這種好女孩。」

真的，許呦身上帶著一種她覺得自己大概此生都不會擁有的柔靜氣質，很惹人喜歡。

一小段沉默。

謝辭哼了一聲，頭一偏，視線又掃了掃窗外。許呦和付雪梨道別之後，已經和身邊的女生一起走了。

他煩躁地嘖了一聲，腳踩油門，車子一下衝得老遠。

§ § §

週末總是過得最快，大多數人都大玩了整整兩天。

六點半，許呦抱著書爬到教室所在的樓層。一進教室，她就有點懷疑自己眼花。星期一的早自習，人並不多，教室裡後面的座位空了一大半，只有寥寥幾人在晨讀。

她拿著麵包到座位上坐下，隨便環顧了四周，心裡只有一個想法——早自習大家都上得很隨性瀟灑。

她從書桌裡拿出英語課本，翻到單字表那一頁，開始默寫。一邊寫，一邊還在想，這一班的老師好像不怎麼嚴格。

早自習過去半個小時。接近第一節課上課的時間，班上的人漸漸多了起來。

教室裡人聲鼎沸，要趕作業的、離開座位要收作業的、要抄作業的，有點兵荒馬亂。

隔著一條走道，有個男生向許呦借週末寫的數學考卷對答案。許呦沒說什麼，就從抽屜裡翻找出來，遞給那個男生。

她還在低頭整理英語筆記，餘光瞄到有人停在自己身邊。

許呦筆尖一停，抬頭，一個高高的男生站在她的身側。

他穿著乾淨的白色校服，簡單的黑色運動長褲，手裡拿著一張表格，「同學妳好，我是九班班長。」

「啊，你好，有事嗎？」她放下手裡的筆。

在她身邊玩手機的付雪梨動作一頓。

「是這樣的。」班長把表格放到她的書桌上，三言兩語地解釋道：「這是我們班的執勤表，妳排在週三打掃環境。」

許呦拿起來看了看，點點頭：「我知道了，是打掃教室嗎？」

「嗯，和付雪梨一組。」

班長交代完，視線若有若無地往旁邊一掠便轉身走回自己的位置。付雪梨看那人走遠的背影，收回目光，又裝作漫不經心地玩手機。

玩了一會兒，她忍不住找許呦搭話：「噯，我和妳說，我們班班長和妳同姓。」

許呦「啊」了一聲，側頭看她，「也姓許？」

「對。」付雪梨湊近她，「叫許星純，名字是不是特別娘，長得也很娘。」

許星純啊，好像在哪裡聽過這個名字。許呦皺眉一想，老實道：「我覺得他名字和妳一樣，都很好聽。」

說完，她在腦海裡回想剛剛那個男生的樣子。臉部輪廓有點瘦，眉眼很秀氣，眼尾狹長。

「長得也不娘。」許呦很誠實。

付雪梨哼了一聲，臉色不自然，「什麼叫跟我一樣？我名字可比他好聽多了。」

許呦覺得有點奇怪，想問又覺得不妥，於是繼續低頭寫作業。

寫了一會兒，旁邊有人把考卷放到她桌上。

「同學，有一題我跟妳算的不一樣，妳寫的方法我有點不懂。」

是向許呦借考卷對答案的那個男生。

他微微彎腰，推了推眼鏡，把草稿紙遞給許呦：「能麻煩妳跟我解釋一下嗎？」

「啊，哪題？」許呦拔掉黑色中性筆的筆蓋，接過草稿紙。

「倒數第二道大題。」

她把考卷翻過來，找到那道題目。許呦掃了一眼，在紙上寫，跟那個男生說解題思路：「這題解析幾何我是用三角函數求的……」

宋一帆剛好在這時進教室，他把校服外套甩到抽屜裡，問付雪梨：「眼鏡仔跟妳的同桌在幹嘛？」

「請教題目。」

「我靠。」宋一帆非常吃驚，拿出兩本作業，扭頭乾淨俐落地瘋狂開抄，「這麼厲害，能讓眼鏡仔請教問題，妳同桌是學霸啊。」

眼鏡仔叫陳春林，在班級裡也算是學霸，可惜語文一直都很差，所以在年級排名並不高，但是他平時心高氣傲的，很瞧不起成績差的學生。

付雪梨心不在焉地點頭，把玩手機：「是啊。」

宋一帆繼續說：「那妳以後上課別拉著人家聊天了，耽誤別人考清華北大。」

「誰考清華北大？」謝辭準時進教室。他站在宋一帆背後聽到他們對話，隨口問了一句，把書包扔到裡面，宋一帆站起來讓位置給他，「你怎麼來得這麼晚？作業都沒時間給你抄啦。」

說話時，教室的門被推開，教數學的李老師走進來，上課鐘響，班上嘈雜聲漸漸變小。

宋一帆抄完最後一個字，把考卷抖了抖，斜睨謝辭：「你的數學考卷怎麼辦？等等李變態下來一個個收，你又要罰站。」

哼。

謝辭輕蔑地掃了他一眼，勾勾唇角，靠在椅背上喊付雪梨，付雪梨轉過身，「幹嘛？」

「幫我叫妳同桌。」謝辭抬起下巴示意許呦的方向。

不等付雪梨開口，許呦直接從桌上的一堆紙裡抽出一張寫完的數學考卷，遞給她。之後又拿起筆低頭做起習題，一副事不關己的模樣，整個過程都沒看他們一眼。

可是付雪梨懂了，但是很無言。她把考卷拍在謝辭桌上：「你不能自己抄嗎？怎麼老是讓別人幫你寫作業啊？」

宋一帆在一旁當聽眾，表情也有些微妙。在他的印象裡，謝辭是不太喜歡招惹女生的，可是……

「你……」宋一帆搭上他肩膀，略壓低聲音問：「你一個大男人，怎麼總欺負人家小女孩？」

「欺負什麼？新同學就喜歡幫我寫作業。」謝辭按著手機，若無其事地笑，懶洋洋的。

話音一落，許呦就猛地轉頭，對上他的雙眼。兩人對視了幾秒鐘，她認真地說：「新同學不是很喜歡。」

語氣有點惱怒，但是又帶著點江南那邊的軟糯，聽起來毫無攻擊性。

謝辭身體略微前傾，手臂壓在書桌上，歪了歪頭盯著她笑：「為什麼不喜歡？」

她的眼睛乾淨如水，眉頭卻稍微擰起，似乎很不解：「你為什麼要問這種問題？」

謝辭挑眉，然後周圍一群不喜歡學習的敗家子，聽到一句來自南方轉學生的心靈雞湯：「作業要自己寫，知識是自己的。」

空氣凝固。

「——噗！」本來有些緊張的氛圍，結果宋一帆一個沒忍住，噴笑出來。

謝辭怔了一下，也緩緩扯起唇角。

「哈哈哈哈哈哈哈哈。」付雪梨伸手過去，忍俊不禁地捏捏許呦的臉，哎喲，這孩子真是可愛。

「咳咳。」宋一帆手握成拳頭，放到唇邊，勉強止住笑。一副狀似嚴肅的樣子說：「對對，許同學教育得對，說得太好了，不愧是我們祖國的未來，未來的棟樑啊。」說完還鼓起掌。

許呦不知道他們在笑什麼。心裡有些煩悶，什麼也沒說，轉過身去。

她背影挺直，又薄又瘦。柔軟的黑髮鬆鬆地束在腦後，額前幾縷碎髮垂下，遮住側臉輪廓。

從謝辭的角度看去，只能看到那一截白嫩的頸項。

他收回目光，低聲罵了一句髒話。

§　§　§

週一第二節課下課後，高一高二的全體學生去北操場參加每週慣例的升旗儀式。

九班的位置正對升旗台，在操場正中間。男生一直列，女生一直列，按照高矮順序站。

夏日的陽光灼烈，雖然剛過十點，光線照在人裸露的皮膚上還是汗意涔涔。

臨市一中的校規是學生參加升旗儀式時必須穿校服，遠遠望去都是一片藍白色的海洋，除了中間那塊有些突兀。

九班隊伍尾端的那群男生穿的都是自己的衣服。黑色、黃色、紅色，一小片不同顏色的T恤夾雜在裡面，彰顯著自己的另類感。

高二九班，是學年裡特殊的存在。裡面有能超越實驗班的學霸，也有吊車尾的富二代。九班的人愛惹事，學校卻都一直放任不管，或者視而不見的態度，多少讓其他學生對這個班的人心裡懷著一點敬而遠之的心情。

學校都管不了，他們自然也是惹不起。

教導主任李志平在這期間來過一次，隱忍地詢問站在班級最前面的許星純，「你們班的那些學生為什麼又不穿校服？」

許星純抿著唇，公式化地回答：「忘記帶了。」

「又忘記帶了？這是第幾次了！」

李志平皺眉，聲音拔高，「你們九班不要老想著在年級裡面搞特例，在這個學校讀書，就要遵守這個學校的校規！」

許星純安靜地聽著，表情不變。深冷沉靜的眉眼，輪廓清冽。

又訓了幾句，礙著面前這個男生是次次年級名列前茅的三好學生，李志平也不好直接發火，只能說：「你下次記得提前提醒他們，別太過分了。」

等教導主任走了，站在最前面的幾個女生才敢吐出一口氣。嘰嘰咕咕，小聲地議論著。

「李志平每次都只敢在班長面前說，有本事去後面跟謝辭他們說啊……」

「哼，和那些人說有什麼用，他們會聽嗎？」

「那和班長說有什麼用？」

「至少也要平平敢去找後面那群人啊……」

「……」

旁邊一堆人的對話不時傳入耳裡，馬萱蕊忍不住偷瞄站在斜前方的男生。也許是看的時間有點長，或是視線太直勾勾，他有所察覺，偏頭回望，側臉被日光勾勒出陰影。她不敢繼續看，快速低下頭，心裡卻不由得一陣恍惚。

馬萱蕊和許星純同班兩個學期，講話的次數卻寥寥無幾。

她知道他長得好看，成績優異，被班上很多女同學仰慕著。下課的時候，會有女生故意拿著作業本向他請教問題，他從來都不會不耐煩，臉上表情淡淡的，卻很有禮貌。

老天爺如果真的偏愛一個人，會把最好的東西都給他，許星純就是這樣的人。

他是辦公室老師會互相吹噓的好學生，每科成績接近滿分的學霸，長相毫無挑剔。

她自知自己的平凡，在一群光鮮亮麗的女生中毫不起眼，也從未妄想過向他表白。只是偶爾上課走神，草稿紙上寫滿了許星純三個字。

上體育課偷偷看著他，他的興趣、愛好甚至成績，她都記得滾瓜爛熟。不敢讓別人知道她的愛慕，會怕讓人覺得痴心妄想。

只能偷偷看他，安靜而驕傲的許星純。

§ § §

升旗儀式已經進行到第五項。

升旗臺上，主持人照著名單念：「下面請高二八班的邱青青同學在國旗下致詞。」念完，主持人就下去了。

底下的掌聲卻經久不息，甚至夾雜著歡呼和口哨聲。

許呦本來低頭在看手裡的書，聽到動靜後不由得抬頭。遠遠看到升旗臺上的女生紮著高馬尾，穿著白色校服和百褶裙，渾身上下散發出很有自信的氣質。

邱青青……

許呦在腦海裡回憶這個名字，喔！就是那天中午打架事件的女主角。

她收回心神，繼續看書。低頭的瞬間，她聽到旁邊兩個男生大大咧咧的議論聲。

「哎喲，沈佳宜啊，不是前一段時間剛甩了謝辭嗎？」

「什麼時候的事啊？」

「上個星期，大概吧。」

一個男生隨口回答。

站在許呦前面的付雪梨忍不住翻白眼，不耐煩地衝旁邊兩個人說：「方啟程，你嘴巴好大啊。」明明是謝辭甩了邱青青，不知道是誰在亂傳。

方啟程無辜地揚眉，一邊笑一邊說：「雪梨姊，我也是聽別人講的，妳別介意啊。」

他知道付雪梨和謝辭那一幫人關係要好，自覺不再多言。

付雪梨從鼻孔哼了一聲，「誰是你姊。」說完她就關了手機，視線無聊地亂轉，又停在許呦身上。

她的同桌穿著藍白色的秋季外套，馬尾末梢輕垂在肩上，低頭安靜地看手裡的書，和周圍吵鬧的氣氛格格不入。

「妳看什麼啊？這麼認真。」付雪梨稍稍彎腰，把頭放到許呦肩上，垂眼問。

「啊，什麼？」許呦微微側頭，舉了舉手裡的書，「這個嗎？」

「是啊。」

許呦闔上書，把封面遞給她看，唇邊漾出一抹淺笑：「魯迅的書。」

「……」

付雪梨低頭一瞄，停了一下後問：「魯迅，他是誰？」

這回輪到許呦說不出話，她的神情像是真被堵住了，眼睛睜得微圓。

「哈哈哈哈哈哈哈哈，跟妳開玩笑的啊，別這麼認真嘛。」

逗完許呦，付雪梨收起笑容，又想起另一件事。她問道：「對了，妳怎麼老穿著校服，不嫌醜嗎？」

她早就想問了，許呦為什麼總穿校服外套。在付雪梨的印象裡，她就算熱也只是拉起袖子，從來不脫。

「校規不是要穿嗎？」許呦又是一怔，很認真地反問道。

旁邊站著的徐曉成一樂，「校規是什麼玩意兒？從小到大我都沒聽過。」

許呦：「……」

很快地，升旗儀式到了尾聲。

由學年紀律委員報告，先簡單總結了一番上週的整潔和各班的遲到情況，然後大喇叭裡例行地傳來學校的警告公告：

高二九班謝辭、宋一帆、李青與高二一班付一瞬為首，聚集其他在校學生，於X月XX日校內鬥毆。影響極差，嚴重違反了校紀校規，經學校決定，決定給予四人警告並留校察看處理。希望其他同學能引以為戒，認真學習，遵守學校各種規章制度。

公告還沒念完，下面就傳出一陣陣唏噓。

同學們表示這種類型的公告已經聽了無數次，九班幾乎成為臨市一中升旗儀式的特色了。他們班的學生估計是全校所有留校察看過的學生加起來的總和。

§　§　§

曬了半個小時太陽，升旗儀式終於結束。各班隊伍解散，許呦和付雪梨也融入人群，往教學大樓的方向移動。

從操場回到教室，第四節課馬上開始。

許呦坐在座位上收拾書本，立式空調在身後吐著冷氣，風口剛好對著她，冷得身上起了一層雞皮疙瘩。

源源不斷的涼風吹得她指尖冰涼，剛拿出筆準備寫字，就感覺小腹一陣熱流往下湧。

糟了。這個月因為轉學，過得匆匆忙忙，連大姨媽的日期都忘記了。

許呦懊惱，從書包裡翻出衛生棉塞到外套口袋裡，看了看時間，「雪梨，還有多久上課？」

付雪梨看她一臉古怪地焦急，覺得莫名其妙，「還有五分鐘，怎麼了？」

許呦點點頭，咬咬唇，起身就往洗手間跑。等解決好出來，走廊裡的人已經不多，走廊上靜悄悄的。

許呦怕遲到，忍不住加快步伐，小跑地去教室。

九班的教室在三樓中段，後門那裡有個樓梯。快到教室轉角處的樓梯時，她的腳步卻一停，當場呆住。

有人在不遠處接吻。

女生站在臺階上，摟住男生的脖子，踮起腳尖，胸部壓在他胸膛上。那個男生，什麼動作都沒有，懶懶地半倚在牆上，任那個女生親。

從她這個角度，一眼就看到那個男生的臉——是謝辭。

許呦反應過來後，不禁愕然。這、他們，大庭廣眾……老師經過怎麼辦？

她杵在原地，進退不是。

就這樣貿貿然地走過去，肯定很尷尬……可是不過去，上課又會遲到。正在躊躇時，她羞得眼神到處亂飄，小臉泛起紅暈，一道濃稠深邃的視線看過來。

謝辭發現了她。黑亮的瞳孔深處有不知名的意味，眉峰挑起。

許呦的臉頰微紅，低著頭尷尬萬分，想假裝沒看見，快點過去。急匆匆地加快腳步時，卻聽到旁邊傳來一道戲謔的男聲，「許同學，看夠了？」

「誰看你！」

不要臉。後半句她只敢在心裡說。

許呦又羞又氣，神情很難看，又不敢太大聲地對謝辭吼出來，說完就向前跑。

後面的人故意喊：「噯，妳看就看啊，我又不介意。」

她沒理，提起一口氣在心口，跑到快到教室才鬆懈。

腳步慢下來後，許呦推開教室的後門，舉起手，輕輕喊了一聲報告。

英語老師正拿著練習本在講題，看了她好一會兒，慢悠悠地問：「妳去幹什麼了？」

這個老師姓張，中年老女人，正值更年期。對待學生特別刻薄，可憐許呦是新來的，不清楚。

她咬咬唇，不想耽誤上課時間，支支吾吾地解釋道：「老師對不起，我上廁所。」

張老師問：「謝辭你呢，也是上廁所？」

什麼？許呦愣住。聽到身後有人笑出來，她猛地轉頭，被嚇了一跳，肩膀一顫。

謝辭不知道什麼時候已經站在她身後，兩人的距離極近。他頎長的身子斜斜地靠在門沿上，夾克外套微微敞開，裡面T恤上的骷髏頭和主人一樣，衝著許呦的臉耀武揚威。

看她一臉懵然，謝辭笑得更厲害了，用只有兩個人能聽見的聲音曖昧地低聲問：「我說妳，看完就想跑，要給錢的。」

後排有人起鬨。

最後許呦被准許回到位置上，謝辭到教室外面罰站一節課。不過他沒那麼老實，不過幾分鐘，教室外面便沒了人影。

許呦把書全部拿出來，手掌按住小腹，下巴抵著桌子，寫第三篇英語閱讀。

她不舒服，只好寫作業分散一些注意力。

下課鐘一響，老師走出去，教室裡立刻亂哄哄的。許呦無精打采地趴在座位上，臉色蒼白。

坐在前面的鄭曉琳拿著紙和筆，剛轉過來準備請教問題，就被許呦虛弱的樣子嚇了一跳。她把東西放到一邊，臉湊到許呦眼前問：「同學，妳怎麼了？」

「她那個來，肚子疼。」一付雪梨邊嗑瓜子邊抽空替她回了一句。

同為女生，鄭曉琳立刻反應過來，喔喔兩聲。

許呦從手臂中抬起頭，有氣無力地問：「怎麼了，有事嗎？」

「沒事沒事，本來想問妳一道題目，妳不舒服就算了。」

「哪題？」

鄭曉琳的筆指著作業本上的一道英語題目，問：「這裡的 feel 為什麼要在句子的這個地方？老師講太快了，我沒聽懂。」

「我看看。」許呦把書接過來，仔細讀了一遍題目。

腹間疲疼，痛楚一陣一陣的。冷汗浮在額頭上，她抿了抿乾澀的嘴唇，組織語言跟鄭曉琳解釋：「feel 是連綴動詞，後面跟著表語，說明主語情況，所以……」

許呦有點沒精神，強撐著精神為鄭曉琳解釋。

講了一會兒，「噢！我懂了！」鄭曉琳一臉恍然大悟，感激地對許呦道謝，雙手合十：「大神啊，謝謝、謝謝，我現在就抄到改錯本上。」

說完她就轉過去了。

許呦支撐不住，又倒回桌子上。稍微緩了一會兒，等陣痛過去，她從抽屜裡摸索出水杯，扶著桌子起身，準備去教室後面的飲水機倒點熱水。

謝辭坐在第三組靠走廊的座位上，兩條長腿大咧咧地交疊放在走道上，和宋一帆有一搭沒一搭地聊天。

他心不在焉的，眼角餘光瞥到許呦停在旁邊。

「同學，我想倒水，能讓我過去一下嗎？」她微低著頭，小臉蒼白，聲音很低，淹沒在嘈雜的人聲裡。

謝辭不知道是沒聽見還是故意無視她，眼睛都沒抬一下。

許呦在原地等了一會兒，發現他的腳也沒收進去的意思。她懶得和他繼續說話，也沒力氣，直接抬腳準備跨過去。

謝辭突然一笑，舌尖頂了頂臉頰，跟別人說著話，右腳卻出其不意地往上一抬。

許呦的腳踝猝不及防地被他勾住，碰在一起，動作沒剎住，身子就往前倒去。她雙手亂劃想要撐著桌沿穩住，整個人卻重心不穩。混亂中，她感覺自己的手臂被人用力往旁邊扯。

旁邊的宋一帆嘴巴張成O形，眼睜睜地看著許呦在電光火石之間，整個人撲倒在謝辭身上，一個念頭突然閃過腦海：謝辭是不是故意的。

謝辭被迎面而來的水杯砸中，疼得嘶了一聲，張開雙手接了許呦滿懷。

他的背撞到後面的桌子上，悶哼一聲。

兩人在班上弄出這麼大的動靜，匡噹一下，世界彷彿安靜了，所有人的視線都集中過來，剛好看到這曖昧的一幕。

他一呼一吸噴灑出的熱氣在她耳邊，彷彿是一瞬間的事，又好像過了很久。

許呦還沒從驚嚇裡回過神，反應了幾秒，顫得厲害，迅速推開謝辭想站起來，耳邊全是不懷好意的口哨和起鬨聲。

謝辭一手抵著她的肩，一手扶著她的腰。指尖隔著薄薄的校服，感受到少女柔軟的觸感，她身上有一點清淡的茉莉花香。

「你……你快點放開我。」

感受到她的掙扎，他喉嚨上下滑動，臉湊近，聲音低沉，「放啊，但是我給妳當人肉靠墊，連謝謝都不說一聲，是不是有點過分了？」

許呦震驚於這個人的厚臉皮，生平第一次這麼不想跟一個人說話。她咬咬嘴唇，臉羞得通紅，使勁掙脫他的束縛：「同學，你先放開我。」

「叫什麼同學，不知道我名字？」他嘖了一聲，笑得更加厲害，胸腔都在震動。

看兩個人耗了這麼久，其他人起鬨的聲音越來越大。

「謝、辭，你把手放開。」許呦一字一句，難堪至極。饒是她性格好，此時耐心也快被磨光了。

謝辭笑哼一聲，慢悠悠地道：「不是妳賴在我身上不走嗎？」

付雪梨剛剛聽到一聲巨響，迅速回頭看。反應了幾秒，她快步走過來，把許呦一把拽起來，皺著眉頭道：「阿辭，你別太過分了。」

謝辭「喔」了一聲，漫不經心地拍了拍衣服，嘴角懶痞痞的笑意不減。

許呦站穩後，低聲對付雪梨說了一聲謝謝。然後在一圈人的注視下，默默地蹲下身子，把撞倒撒落在地面的書一本本撿起來，放回桌上。自始至終眼神都不抬，一聲不吭地緩緩走回到座位上。

寬大的校服外套罩在身上，襯得身影愈顯纖弱。

「大哥，你搞什麼，耍流氓啊？」宋一帆此時也反應過來，訥訥問了一句廢話。

謝辭沒應聲，黑眸盯著許呦的背影看。

付雪梨皺著眉頭指責道：「許呦本來就不舒服，你還故意去折騰她。」

「啊？」宋一帆震驚，「她怎麼了，生病了嗎？」

「傻子，你才得病。」付雪梨氣急敗壞，打了他一下，「你說女孩子不舒服是為什麼！」

謝辭在一邊不說話，不緊不慢地俯身，把滾落在一旁的藍色水杯撿起來。

許呦單手撐著額頭，死死咬著唇，拿筆在草稿紙上一遍遍地默寫數學公式，從三角函數到空間幾何、點線面、根號、括弧、小數點……

寫了一會兒，心情還是煩躁無比，無法靜下來。

她低頭，剛想從抽屜抽出數學練習冊來寫，臉上突然一熱。許呦一驚，反射性抬頭往上看。

謝辭懶散地靠在她桌邊。嘴角微微勾起，手心裡握著剛剛倒滿溫開水的水杯，貼在她臉上。

他低垂眼瞼，微微傾下身子，笑了一笑說道：「別生氣了，嗯？」

§ § §

「小朋友，想什麼呢？轉過去啊。」付雪梨打斷她的發呆。

許呦啊了一聲，眼睛從水杯上移開，從走神的狀態恢復過來，懵懂道：「怎麼了？」

「喏。」付雪梨示意她往講臺看，「老師說小組討論，前後排。」

什麼？老師剛剛說了什麼，她根本沒在聽……

許呦抬頭，看到黑板正中央寫著一行白色粉筆字：寫出你們認為最開心的五件事，用英語，等會找同學起來念。

付雪梨本來已經轉過去了，見許呦不動，又扭頭催她：「寶寶，快點，我們需要妳，這個老太婆超喜歡點我們這一區的人。」

老師剛好在這時倒完水，從教室外進來，邊走邊說：「大家抓緊時間啊，還有十分鐘。」

許呦身體一震，來不及多想，拿了一支筆和一張白紙就轉過去。

後座兩個男生本來在閒聊，此時卻不約而同地停下來，視線一同看向轉過來的許呦。

她微微低著頭，眼睛看著草稿紙，握著筆，溫吞又小聲說：「你們講吧，我翻譯。」

教室裡七嘴八舌都在熱烈交談著，他們這裡卻異常安靜。

付雪梨回完訊息後把手機收起來，抬起頭來就發現氣氛有些尷尬。

「怎麼回事？」她莫名其妙。

「呃，」宋一帆沉默了一下，「不知道。」

其實他是因為自己兄弟剛才欺負了人家小女孩，有點心虛，至於謝辭為什麼不說話……他也不知道。

過了幾秒，許呦手指微微屈起，在紙上無意識地滑動。耳邊響起宋一帆的聲音，「你們怎麼都不說啊？那我先吧，讓我想想啊。」

說完他皺起眉斜眼看天，一副冥思苦想的樣子。

「你快點。」付雪梨單手托腮，百無聊賴地道：「你有什麼好想的，你這種膚淺的人，除了吃飯睡覺還剩下什麼？」

「喂，大梨子，話不能這麼說啊，我是一個有內涵有夢想的男人好嗎？」

付雪梨揉了一團紙，使勁往宋一帆身上丟過去：「我說過不喜歡大梨子這個外號，要你別說，是不是聽不懂人話啊？」

「而且，」她坐在宋一帆對角線的位置，起身作勢要打他，「除了會把妹，恕我真的看不太出來你的內涵。」

宋一帆挺了挺胸膛，義正言辭地說：「說實話，我除了成績有點差之外——」

「等等，不是有點差，是差得要命。」

許呦沒忍住，笑了起來。

宋一帆看新同學總算笑了，鬆一口氣，「哎呦，不跟妳吵了，我要和我們許同學一起當個有內涵的人，妳就和謝辭繼續墮落下去吧。」然後故意無視他的同桌因為這句話瞥過來的淡淡眼神。

在他們吵架的時候，許呦早就在紙上寫好自己的了。

她按動圓珠筆，順勢點點頭對宋一帆道：「那你說吧。」

「說什麼都可以嗎，妳都會嗎？」

許呦一愣，「你想說什麼？我不一定都會。」

「嗯……」宋一帆想了一會兒，「我喜歡打籃球、睡覺、玩遊戲……」

許呦聽他說，認真在草稿紙上一樣樣記下來：Play basketball、sleep、play games……

在一旁的付雪梨聽不下去了，伸出手打斷：「停停停，您可別說了，等一下起來念會丟死人。」

「我怎麼了？」宋一帆不服氣。

付雪梨轉頭找謝辭尋求認同感，「阿辭，你說他是不是很白痴？」

謝辭不言不語，沒什麼反應，嘴角微扯了一下。

許呦一邊寫字，一邊跟他們說：「還有嗎？沒有我先轉過去了。」

「等一下。」半天沒聲音的人，此時慢悠悠地開口。他勾起嘴角，聲音悠長，語氣有點挑釁，「我說——」

你要說什麼就快點說，許呦在心裡默念，沒理他。

謝辭沒出聲，她也不講話，就拿著筆安安靜靜地等，也不著急。

他的手腕放在桌沿上，手指不停地翻轉黑色手機，眼睛卻看著她。安安靜靜地趴在桌上，乖巧極了，像隻老實又純潔的小白兔。和第一眼見到一樣，一點沒變過。

宋一帆的目光投向許呦和謝辭，來回流轉，發現有點不對勁的意味。這個謝辭，盯著人家小女孩的眼神怎麼跟三天沒吃飯似的，眼睛都快紅了。

過了一會兒，謝辭懶洋洋的聲音響起來。

「我想想啊……」他停頓了一會兒，手指一下一下敲著桌面，像是在認真思考。

許呦看了一眼手錶，還有三分鐘，她凝神聽，準備筆記。

「好像沒什麼喜歡的，怎麼辦？」他語氣正經。

「……」

付雪梨微微蹙眉，「那你別寫好了，那麼多事。」

「那可不行，老師罰我站怎麼辦？」

謝辭對著付雪梨說，眼睛卻不離開許呦，「寫妳的名字，妳覺得怎麼樣？」

這話曖昧得過分。付雪梨一臉無語地看著謝辭，不知道他今天又吃錯了什麼藥。

一旁，宋一帆恍然大悟地笑著，捶了他胸口一拳，「多簡單，許呦妳就幫他寫個 women。」

許呦繃著一張小臉，不理會他們的胡言亂語。在白紙上快速寫下：nothing，寫完放他們桌上，準備收拾東西也準備轉過去。

「喔、對，我想起來了。」謝辭挑眉，又喊住許呦。

她緩緩抬眼看他，「還有什麼？」她輕聲問。

這個人真的，怎麼事情這麼多？

「妳不是知道嗎？」他反問。

許呦沉默了，過了兩秒後皺起眉頭，「我怎麼知道？」

謝辭驀地笑了聲，故意又重複一遍：「妳真的不知道嗎？」

他有點意味深長，許呦卻懶得琢磨。轉頭的瞬間，突然一股熱氣靠近她的耳邊，帶著一股風。

謝辭起身，單手撐在桌面上，俯身靠近許呦頸邊。他一雙黑瞳直視前方，喉結微動，邪邪地勾起唇，低聲對她說出一句話，許呦身形石化般地一頓。

謝辭坐回座位上，手肘撐在後面的桌沿上支著頭，盯著許呦漲紅的側臉，越笑越厲害。

突然感覺有人在看自己，謝辭眼神一移。

「兄弟，」宋一帆靠過來，神色複雜地說：「你什麼時候變得……」

「怎麼？」

「這麼喜歡調戲小女孩了？」

謝辭看他一眼，淡淡地問：「你有意見？」

「哎喲，哪敢啊。」

過了一會兒。

「不是，我就是覺得，」宋一帆實在忍不住又湊過來，用只有兩個人能聽到的聲音說：「我就是覺得，你最近跟中了邪似的，愛和人家新同學裝熟，你覺得呢？」

他一說完，小腿就被人狠狠踹了一腳。宋一帆疼得悶哼一聲，立即識相地噤聲。

許呦用手背抹了一把額頭的薄汗，低眼在草稿紙上飛速寫了一段話，撕下來拍在後面那個人桌上。

教室裡，英語老師站在講臺上，底下漸漸安靜下來。

她清了清嗓子，拿著教材問：「都討論好了嗎？」

沒人回答。

張老師眼睛逡巡著，抬了抬下巴，指著第四組：「謝辭，你上一節課跑去哪了？真是無法無天了你，來來來，你說一說我寫的題目。」

許呦忍不住咬著下唇，身後那人不緊不慢站起來，椅腳在地上摩擦，發出聲響。

見他不說話，張老師淡淡地掃來一眼，毫不留情地道：「說不出來就站一節課。」

謝辭懶懶地倚著牆壁，從桌上，用兩隻手指拎起一張白色草稿紙。

在安靜的課堂上，用蹩腳的英語，把圓珠筆寫的那句話，慢悠悠地念出來：

——「I love to give sb a glass of bolied water.」

張老師聽了一遍，想了幾秒鐘，不可思議地道：「你喜歡幫別人倒熱開水？」

最後一節英語課上完，鐘聲響起。一掃課堂上的死氣沉沉，學生歡歡喜喜地收拾東西，回去吃飯。

體育委員在講臺上用書拍桌大喊：「明天月考，今天體育課沒了！下午直接來教室，別去操場啊！」

一陣陣唏噓聲響起。

第三章

對待謝辭他們這種人，就要強勢一點。

一出教室，沒了冷氣，洶湧的熱潮撲面而來，溫度驟升。

許昫被熱得有點暈，臂彎裡抱著書本和作業，轉個彎下樓。

人潮擁擠，有吵吵鬧鬧的聲響。

前面兩個女生手挽在一起聊天，聲音不高不低，剛好傳入許昫耳朵裡。

「噯，妳聽說了沒？剛剛陳晶倚去找高三文科班的一個女生，好多人圍觀呢。」

「高三文科班？誰？」

「何丹璐吧，聽人說陳晶倚當時在教室門口直接被人拿書往臉上扔。」

「這麼狂？怎麼回事，怎麼回事？」語氣八卦好奇極了。

「我也是聽我朋友說的，好像是何丹璐和朋友上廁所碰到陳晶倚，不知道兩個人有什麼恩怨，有人罵了一句陳晶倚狐狸精，罵人那個女的當場就被陳晶倚衝上去甩了一巴掌。」

「啊？」另外一個人不可思議地道：「高二打高三的？」

而後又不解，「她好端端的，罵人家幹什麼？」

一個女生小聲抖八卦，「好像是因為陳晶倚前男友吧，何丹璐正在追，沒追到。」

「前男友？誰啊？我認不認識……我的天，好狗血。」

「謝辭啊，認不認識？」

「……」

其中一個人停頓了幾秒才說：「一中誰不認識他啊？」

說完像想起什麼似的，又問：「他不是剛和邱青青分手嗎？之前還和陳晶倚在一起過？」

「哎喲，都是玩玩而已，他們那些人身邊又不缺美女。」說八卦的女生聲音聽起來漫不經心，「其實九班那群人都挺混蛋的，可是人家家裡有錢……」

又轉了個彎，前面的聲音漸漸變小。

許呦一步一步踩著樓梯往下走。沒心思聽別人的八卦。

她自問來這個學校沒幾天，九班認識的人也不多，大多都不熟悉。可是，不管她走到哪裡都能聽見那幾個熟悉的名字，真是有一點陰魂不散。

正在出神，她的肩膀被人拍了一下，許呦一轉頭就看到自己室友站在旁邊。

「呦呦，妳要去食堂嗎？」

「嗯。」許呦點頭。

陳小「啊」了一聲，拉過她手臂搖，「妳陪我去學校外面買東西吃嘛，我不想一個人排隊。」

「好不好啦？」

許呦不擅長拒絕別人，愣了一下之後說：「我還抱著書，遠嗎？」

「不遠不遠，就在校門口。」說完她就扯著許呦走，毫不拖泥帶水。

中午放學，正是學校門口那塊地方最熱鬧的時候。周圍幾家小店門口聚集著一堆堆學生，有不少高大的男生在樹旁或靠或蹲，邊等人邊抽菸聊天。

她們排的是一家炒麵店，有些年頭了，口碑很好。前面已經排了很多人，隊伍排到店外，顧客大多都是學生。

陳小興致勃勃地拉著許呦站在尾端，踮起腳往前面望，「哎呀，人好多，估計要排一會兒，阿拆妳不餓吧？」

她轉頭問許呦。

阿拆是許呦的小名，陳麗芝上次週末來學校宿舍看她，喊了幾次剛好被陳小聽見，她覺得好聽之後便偶爾跟著喊起來。

兩人站在路上被陽光曬，許呦穿著長袖和外套，此時臉上已經有了汗水。她搖搖頭，「沒事，我不餓。」被經痛折磨著，她的小臉蛋蒼白纖細，嘴唇毫無血色。

排了很久，前面總有零星兩個人來插隊，隊伍好像沒怎麼移動，她們還在原地。

許呦單手扶著腰，拍拍正在玩手機的陳小，虛弱地道：「我去蹲一會兒，妳先排。」

小腹那墜墜的痛感讓人想蜷縮起來，或許會好受一點。

陳小被她虛弱的樣子嚇了一跳，急忙收起手機，扶著她問：「妳怎麼了？」

許呦皺起眉，頓了一下緩緩道：「經痛，沒關係。」

「要不然妳先回去，別陪我排隊了。」

「沒事，我先去休息一會兒，妳好了叫我。」

她蹲在不遠處人很少的一顆樹下，身後是一家咖啡店，有鋼琴清脆的叮咚聲緩緩流淌。

許呦從外套口袋裡摸出一根蘋果口味的棒棒糖，放進嘴裡咬。腹間絞痛，甚至有些胃痙攣，讓人提不起力氣呼吸。

§ § §

咖啡店裡。

塗悠悠五指與李傑毅緊緊相扣，她摟住他的手臂，膩在一起，低聲撒嬌：「我們下午去哪裡玩啊？」

李傑毅抬手，搭上女朋友肩膀，側頭和謝辭說話：「阿辭，下午去打牌嗎？」

「不去。」他聲音慵懶，手臂往椅子上一搭，扯起嘴角笑了笑。

「為啥不去？留在學校有什麼好玩的？」

宋一帆端著飲料過來，正好聽見這句話，到半圓椅上坐下，順便替謝辭回答：「他現在一心一意只想和我們班的一個女生玩。」

「真的？又有新目標了。這麼有魅力，吸引到我辭哥的目光，我見過嗎？漂亮嗎？」李傑毅拋出一連串問題，滿臉好奇。

宋一帆一本正經地說：「沒沒沒，他們單純討論學習，那女生教阿辭學英語……」說著說著他就暴露本性，一臉壞笑地說，「至於以後怎麼玩，我就不知道了。」

謝辭沒承認也沒反駁，彷彿事不關己。

倒是一旁坐著的王曉謙嘿嘿一笑，對李傑毅說：「你還想著今天出去玩呢，明天月考，你上次不是說你爸把你的卡凍結了，考好了再說嗎？」

李傑毅不耐煩，「能考多好啊？非提這件事，敗興玩意兒。」

其他人笑起來。

臨市一中學校挺有錢，什麼都建得挺好，包括考場的訊號遮蔽儀。當時使用的時候，學校是抱著媲美高考考場效果的自信。學生不信邪，考過一次後徹底跪服。這破玩意兒真是厲害，手機完全用不了。

「嘿，你這個人。」王曉謙翻了個白眼。

宋一帆翻著桌上的菜單，高深莫測地道：「沒關係，兄弟，這次我們考場有大神。」

「什麼大神？」李傑毅眼睛一亮，催促道，「你倒是快點說啊，別把你兄弟急死了。」

宋一帆喝了一口飲料，拿起手機慢悠悠地回訊息說：「我都打聽好了，這次轉學生、重考生都跟我們在同一個考場。」

「然後呢？」

「跟你說，我們班剛轉來的那個學生成績好得很，人也好，跟我關係最好，我都和她打好招呼了，你到時候直接抄她的。」

聞言，謝辭輕輕揚了揚眉，夾菸的手停在那裡，「跟你關係最好？」

他單手揚起，就往宋一帆腦袋上抽了一下。宋一帆眼疾手快地擋住，嘻嘻哈哈還沒出聲，眼神隨意往外瞥，接著一定，過了幾秒。

「……那個那個，兄弟。」宋一帆站起來，往前走了走瞇起眼看，拍拍謝辭說：「你看外面是不是蹲了個我們認識的人？」

許呦彎軟的髮梢鬆鬆垮垮地滑落，幾乎遮蓋住大半張側臉，她臂彎裡抱著一疊書，蹲在那裡。炎炎烈日帶起一陣風，茂密的樹蔭裡，蟬鳴止不住地叫。

她低著頭，屈起食指，揉了揉額角。再睜開眼時，眼前出現一雙黑色運動鞋。

謝辭穿著黑色夾克和T恤，微微彎腰，歪頭打量著她，臉上是隱藏不住的壞，「許同學，妳蹲這裡等我嗎？」

她仰起的臉神情懨懨，尖細的下顎，臉蛋蒼白。

許呦不想理他，撐著膝蓋準備站起來。誰料蹲得太久，小腿發麻，站起來的一瞬間重心有些不穩。

謝辭反應快，眼疾手快地扶住她。許呦半個手臂被他抓住，校服外套的長袖包裹住半個手心，露出霜白纖細的手指。

「站穩了嗎？」他眼睛看著她頭頂柔軟的的黑色髮旋，低聲問。

許呦點點頭想推開他。心裡已經不耐煩，心不在焉地低聲道謝，「謝謝，你的手可以放開我了。」

謝辭「喔」了一聲，卻不放手，而是漫不經心地問：「妳故意的嗎？一天往我懷裡倒兩次？」

「儂撈搓氣喔！（你好煩啊！）」許呦人不舒服，此時火氣也起來了，忍不住用家鄉話大聲罵了他一句，然後使勁一推。

他被推得往後踉蹌幾步，聽她嘰哩咕嚕罵了一句鳥語，謝辭偏頭失笑，薄唇輕揚問她：「儂什麼？」

許呦轉身走遠，頭也不回。

§ § §

找到陳小的時候她已經排到隊，老闆正在幫她炒麵。

許呦抱著書，在隊伍旁邊等她。

這裡油煙味很重，有食物的陣陣熱氣、香氣蒸騰著飄散。

陳小接過老闆打包好的塑膠袋，付了錢便對許呦說：「走吧，我好了。」

許呦點點頭，跟上她往學校側門走。

她們沒走多遠，許呦聽到後面一陣急促的腳步聲，伴隨著一陣呼喊：「噯噯噯噯，前面的小女孩，等一等。」

許呦和陳小一回頭，看到一個人奔跑過來，沒一會兒就到兩人跟前。

是一個年輕的女孩子，穿著工作服，腰上還有綠色的圍裙，上面是吾飲奶茶店的logo。她氣喘吁吁地停下來，手裡提著一杯東西，遞給許呦，「小女孩，剛剛有人幫妳買了一杯紅棗牛奶，要我們給妳。」

也不知道那個人想幹什麼，許呦有些疲憊，手裡提著那杯熱飲，一路默默無語。

突然感覺有人在看自己，許呦回神，對上陳小的視線。

她微笑地看著許呦，但神色略複雜，幽幽的聲音響起，「阿拆，買奶茶給妳的是誰啊？」

幾秒鐘的沉默後，許呦問：「怎麼了？」

「沒什麼，就是有點好奇。」

許呦不知道陳小心裡已經開心地開始妄想，她搖搖頭含糊其辭，「我也不知道。」

「妳別裝蒜！」陳小一副煞有介事的表情追問道，「妳說，妳是不是和誰有姦情了！」

姦情！

這個詞一蹦出來就把許呦嚇到了，什麼和什麼，簡直太荒唐了，她才轉學來幾天呢，人都還沒全都認識，和誰來的姦情啊。

「妳想到哪裡去了？」許呦不知道怎麼說，有點急，哎呀了兩聲，「妳想像力太豐富了。」

「肯定是你們班上同學買的！」

陳小看許呦的樣子，還以為她真的不知道，開始頭頭是道地分析：「不過，妳們班的男生都挺優的，長得帥的多，家境好的也多，可以說是學年裡男生品質很高的班級。」

這個年紀，大部分的學生都待在學校裡念書，實在枯燥無聊，會一邊學一邊給自己找樂子。

所以下課時都湊在一起，分享學年裡各種花邊新聞瑣事，你傳我，我傳他的，一會兒就能傳遍整個學年。陳小知道的八卦很多，更不論那些「風雲人物」，但許呦明顯心不在焉。

陳小還在繼續，並且拉著她越說越興奮：「說不定妳已經被妳們班哪個男生看上了，阿拆！九班耶。」

「那個，」許呦不想繼續討論這種事情，開始轉移話題，「妳知道多媒體教室在哪裡嗎？」

「多媒體教室？」陳小把話停住，疑惑地皺起眉來，「妳要去那裡幹嘛？」

許呦回答：「我們老師把明天月考的考場分配貼出來了，我在那裡考試。」

「喔喔喔。」陳小反應過來，「妳是轉學生，我都忘記了，不過這個考場都是那些吊車尾的學生。」

許呦點頭表示知道。

兩個人剛走進學校，從林蔭小道裡轉個彎，一棟教學大樓出現在眼前。

陳小往噴泉對面一指，對許呦說：「喏，音樂教室旁邊，一樓就是多媒體教室。」

許呦朝她指的方向看，默默記在心裡。

§　§　§

按照一中的慣例，考試那兩天不上早自習。

因為還沒分組，所以社會科、自然科全部都要考。第一天上午考語文，下午考自然科，晚上考社會科，第二天上午考數學，下午考英語。

許呦定了六點鐘的鬧鐘起床。她靜悄悄地穿上衣服，爬下床打理好自己，坐在桌前默讀了半個小時作文。

又過了一會兒，室友一個個陸續起床。

廖月敏揉著眼睛打呵欠，路過許呦，精神不濟地打招呼：「呦呦，這麼早起啊。」

許呦應了一聲，收拾好書，去洗手間刷牙洗臉。

出門前，她往自己的大水杯裡注滿熱水，然後放進書包裡。

拿著在食堂買的早餐，許呦慢吞吞地走去考場，身邊總有三三兩兩的學生經過。

清晨的校園，路邊種了幾株桂花，正是開花的季節，涼風一吹，淡淡的花香飄散開來。

天空微微透亮，金光灑落在天際。

到了考場。許呦找到自己位置坐下來，拿出書，邊吃著手裡的早餐邊開始複習。

八點半開始考，許呦低頭看了看手錶，已經八點鐘了，考場裡的人依舊寥寥無幾。

又過了十幾分鐘，人漸漸多起來。

李傑毅和宋一帆、謝辭一起來的，幾個人啥也沒帶，就拿了支筆，吊兒郎當地一前一後進入考場。他手搭著宋一帆肩膀，站在門口環視了一圈問：「兄弟，我的希望之光坐哪裡呢？讓我看看。」

宋一帆仰著脖子四處找，「那、那裡！」他的手往右前方指，「你的光，你的希望女神。」

李傑毅一眼看去，隨意一掠。一道清瘦的背影安安靜靜地坐在不遠處，低著頭，黑色馬尾垂在肩上。

許呦專注地看著課本，全神貫注地背誦著詩詞，突然感覺背被人戳了戳。

她回頭一看，一顆腦袋刷地湊到跟前。許呦反射性往後一仰，「呀」了一聲。

那一聲軟綿綿的叫喚聽得在場幾個男生都笑了，還有人小聲學了幾句。

宋一帆趴在她身後那張桌子上，靦腆地笑嘻嘻道：「姊姊，我們商量一件事好嗎？」

「什麼？」許呦視線上移，發現旁邊還站著兩個男生。

一個她不認識，一個是……謝辭和她四目相對的瞬間，許呦愣了一下，迅速撇開眼。

宋一帆指著身旁的李傑毅說：「這是我兄弟，等會兒坐妳旁邊，妳考試的時候給他抄一下可以嗎？」

反應了兩秒，許呦呆呆地問：「怎麼抄啊？」

她以前從來沒幹過這種事，一點經驗都沒有。

宋一帆自來熟地拍了拍她的肩，示意她不用擔心，「妳不用幹什麼，把考卷稍微舉起來給他看點選擇題就行了。」

李傑毅看著面前乖乖穿著校服的柔弱女生，心裡暗暗感嘆，怪不得，怪不得。

「小姊姊，謝謝了啊，我下個月生活費都靠妳了，考完後請妳吃飯。」李傑毅說。

他謝謝都說了，許呦更不知道怎麼拒絕。稍微猶豫了一會兒，她還是遲疑地點點頭，「呃，不用請了。」

還有十幾分鐘開始考試，監考老師已經坐在最上面的講臺上數考卷。

這個考場因為很大，一前一後有兩個老師坐著，不過管得很寬鬆就是了，老師把考卷發下去以後就坐在那裡開始玩手機。

兩個半小時，考到十一點結束。

鐘聲響起的那一刻，考場裡的人已經所剩無幾，大多數的人都早早就提前交卷離開。

李傑毅頭一次那麼認真地在考場湊完一篇八百字作文，寫完以後精疲力盡，癱倒在座位上。

宋一帆來找他，看到他那副半死不活的樣子，好笑地道：「怎麼，這就軟了？」

「快了。」李傑毅把桌上的草稿紙揉成一團，探頭對旁邊的女生道謝，「謝謝妳啊，同學。」

他的語氣真心真意，真情實感很到位。

許呦正在簡單地收拾桌上的東西，把鉛筆盒裝到書包裡後，拉上拉鍊。她起身把桌上的水杯抱在懷裡，點點頭，隨意回了一句「不用謝。」就走了。

動作俐落，毫不拖泥帶水，連看都沒看他們一眼。身後，兩人對視一眼。李傑毅咂咂舌，挑眉道：「挺有個性啊。」

§ § §

下午考自然科。

許呦怕自己草稿紙不夠用，特地帶了幾張白紙。

李傑毅嘗過學霸上午的「關照」後，考試之前一直拉著許呦講話，不停套關係。

「噯，同學，妳住哪裡啊？」

過了一會兒，「那妳多大了？怎麼看起來這麼小呢？」

再然後，「考完後我請妳吃頓飯，怎麼樣啊？」

李傑毅歪著身子，伸長脖子。另一邊許呦低頭整理東西，有一句沒一句地回答。

剛找到裝在書包裡的筆記本，她的桌子突然被一股力氣撞得一歪。

兩個男生在她旁邊糾纏打鬧，導致桌身一陣抖動。水杯轟地倒下，水從沒蓋緊的杯沿流出，瞬間倒了滿桌子，許呦的衣服也被濡濕。她從座位上站起來，下意識地驚呼一聲，急忙扶住杯子。

與此同時，李傑毅也反應過來。他站起來，不耐煩地對那兩個男生罵了一句，用手一推：「付一瞬你有病吧！」

付一瞬低頭整了整衣服，也不甘示弱，帶著火氣回罵，「我撞到你了嗎？你有意見？」

謝辭和宋一帆正好從後面走過來，謝辭皺著眉打量站在一旁的許呦，看她衣袖都濕了，轉頭問李傑毅：「怎麼回事？」

「付一瞬把許呦水杯撞倒了。」

「沒關係，一會兒就乾了。」許呦微微皺眉，用紙巾擦拭桌子，打斷他們，「快回位置上吧，馬上開始考試了。」

她實在不想在這時候弄出什麼麻煩來。

謝辭恍若未聞，推了一下付一瞬的肩膀，下巴特別囂張地抬著，「怎麼回事啊，你眼瞎？」

周圍的人都不敢說一句話，看著發生衝突的兩個人，誰也不敢上前去阻攔。

最後還是監考老師從講臺上下來，分開人群，對他們說：「幹什麼呢！快回位置上去！馬上要開始考試了啊。」

付一瞬在走之前惡狠狠地瞪了他們一眼說：「等著。」

謝辭和許呦前面一個人換了位置，考試一開始就趴著睡覺。

自然科考到一半，許呦把選擇題寫完，塗到答案卡上後便放到一邊，李傑毅識相地仰著腦袋開始抄。

許呦把考卷翻面，開始寫後面的大題。寫了一會兒，桌上突然丟來一團紙。她一愣，過了幾秒，她的背又被砸了一下。

許呦回頭，剛剛撞倒她水杯的男生坐在斜後方，繼續往這邊扔紙團。

這次有點偏，剛好砸到正在睡覺的人頭上。許呦抿了抿唇，低下頭繼續寫考卷，無視後面的騷擾。

紙團還在丟。

謝辭從手臂裡抬起頭，轉頭。

許呦趴在桌上，提筆寫自然科考卷，身邊有零零落落的幾球紙團。她長睫垂下，五官清秀，陰影覆蓋眼底，遮住所有情緒。

「——你他媽要死啊！」安靜的考場裡，突然一聲平地驚雷。

在場的考生，包括老師在內，頭齊刷刷地往聲源處看。

謝辭發火了，猛地推開桌子站起來，隨便拿了本書，走到付一瞬那裡。啪的一下，風帶起書頁嘩啦啦地搧動，直砸到付一瞬臉上，所有人都被他的凶狠嚇呆了。

謝辭一腳把付一瞬的桌子踹歪，指著他說：「你有種今天再扔一個試試，老子要你全部吃下去信不信？」

寂靜了幾秒鐘，彷彿都能聽見針落地的聲音。

過了一會兒，滿考場都能聽到監考老師急忙忙的吼叫聲。

「——謝辭，你們快給我住手！」

謝辭當場發飆，讓一些不明就裡的人嚇傻了。不過在某些女生眼中，那個模樣真是又帥又酷。

鬧到後來，學年主任都趕了過來，鬧事的兩個人被揪出考場。

監考老師把門關上，來回巡視，囑咐道：「都別看了，別看了，好好考試。」

不過經過這一齣，大家都心不在焉的，哪還有心思寫考卷？何況外面還時不時地隱隱約約傳來主任的訓誡聲：

「不是我說你們，在考場上打架像什麼樣子！」

「還有你謝辭，你自己說說我們學校哪個老師不認識你，這麼大的人了，不知道收斂一點！」

外面聲音沒了，多媒體教室裡又漸漸恢復安靜。

許呦拿筆的手在輕微顫抖。她強迫自己靜下心，眼睛盯著草稿紙，眨也不眨，放空腦袋去算倒數第二道物理大題的答案。

小球A、電壓、電位能、帶電粒子……一個個專業名詞和資料，在腦海裡一步步推導。

草稿紙上寫滿了演算過程，黑色中性筆的字跡蔓延開來。

宋一帆和李傑毅早早就交卷離開了考場，不知道去幹什麼。她前面的座位一直空著，謝辭始終沒回來。

一直到第二場考試結束的鐘聲響起，許呦收拾好東西，抱著書包準備起身走人。

走到門口，她稍微猶豫了一會兒，又折返回去，把那個人塞在抽屜裡的外套拿出來。

§ § §

在食堂吃完晚飯，許呦抱著一堆東西回宿舍。

寢室裡只有李玲芳和廖月敏在討論題目，陳小不在。

「回來啦，呦呦，妳下午考得怎麼樣？」考完自然科，大家心情都輕鬆不少。李玲芳放下筆問許呦：「妳考卷有寫完嗎？我覺得時間好趕，連檢查都來不及。」

一旁的廖月敏也附和，安慰道：「我們考場今天考完，也好多人在抱怨時間不夠用來著，別怕別怕。」

許呦把書包取下來放到一旁，對她們點點頭，「我也寫得很趕，沒關係的。」

事實上，她還有二十分鐘時就寫完了整張考卷，剩下的時間全都在發呆。

拿著書複習了一會兒，許呦的腦袋裡始終想著下午的事情。

心思不知道為什麼很浮躁，總是動不動就走神。她實在是看不下去了，從衣櫃裡拿出睡衣去洗澡。

洗完出來後，她從桌上隨手拿了一本書，爬上床擰開檯燈，準備晾乾頭髮便睡覺。

陳小睡在許呦對面的床鋪上，她還在用手機和朋友聊天，餘光瞥到許呦也上床，隨口訝異地道：「阿拆，妳今天怎麼這麼早睡？」

許呦跪在床上拍枕頭，輕輕嗯了一聲，回答說：「今天有點累了。」

「怎麼了？看上去心事重重的。」陳小以為她考差了心情不好，翻個身，手撐著下巴晃晃腳，「一場考試而已，別太放在心上啦。」

「嗯。」

許呦還在想明天怎麼把衣服給謝辭，就聽到陳小問：「今天你們考場是不是謝辭和誰打架啊？好像鬧得還挺大的。」

在下面泡腳的廖月敏抬頭，倒也不算太驚訝，「啊？是真的嗎？我剛剛好像也聽別人說了。」

反正一出考場都在傳，陳小的八卦向來知道得最快，她點點頭，興致勃勃地繼續說：「好像是謝辭打了我們班的付一瞬。」

「為什麼？」

「不知道啊，應該是以前也有什麼過節吧。」

陳小又翻個身，打了個哈欠。這時候，一直沒怎麼說話的李玲芳卻突然出聲：「不會是因為邱青青吧？」

「和邱青青又有什麼關係？」廖月敏不解。

「不是說付一瞬喜歡她很久了嗎？以前我有個朋友是他們國中同學，說付一瞬追邱青青追了好多年，然後她不是一直很傲嗎？我們都以為邱青青不接受，就是因為看不上像他們那種成績差的，誰知道前段時間被謝辭追到手了。」

「謝辭不是和邱青青早就分了嗎？」

「說不定餘情未了呢。」

「算了吧，自古帥哥的心都是留不住的，你覺得他看著像那種能收心的人嗎？」李玲芳忍不住開口。

陳小像個情感專家，開始滔滔不絕地分析起來，「我覺得吧，像邱青青這種女生，長得那麼好看，成績又好，說不定就真的能成為謝辭這種男生的真愛，然後按照言情小說裡的虐戀情節發展，最後 happy ending。」說完她又否定自己，「不過也說不準，我覺得邱青青性格太高冷了，估計沒幾個男的受得了。我要是男的，我就喜歡許呦這種，溫柔乖巧，多好。」

許呦閉著眼睛，像是睡著的模樣，沒接話。

「問題是，」廖月敏奇怪地說：「邱青青這麼多人追，也不一定看得上謝辭啊，其實說實話，我們這屆的帥哥也挺多的。」

陳小哼笑一聲，她看了看廖月敏問：「妳認真的嗎？」

沒人說話，寢室裡就剩下陳小一個人的聲音，「聽我閨蜜說，謝辭他們家是搞房地產的，他爸爸還給我們學校捐過樓。我有個朋友和他們那群人算是比較要好，說每次出去都是謝辭請客，花起錢來不手軟。」

室友的閒聊還在繼續。

許呦頭壓著枕頭，默默翻了個身。耳邊的討論話題已經從謝辭打人，到他歷任的女朋友有誰、家裡多有錢這種花邊軼事。

她思緒有些飄移，眼前浮現謝辭那張總是懶散，帶著壞壞笑意的臉，又想起從別人那裡聽說的話，唉……

§　§　§

兩天月考一晃而過。

從自然科那場考試之後，付一瞬和謝辭兩個人都沒有再出現過。

下午最後一場考英語。

開考之前，許呦把橡皮擦、2B鉛筆一樣一樣拿出來，擺在桌上。

李傑毅坐在旁邊不安分，又找她搭話，「許姊，等會兒最後一場還是要靠妳啊。」

他已經自來熟地直接喊了外號。許呦心裡無語，看了他一眼，點點頭。

看到許呦點頭，他顯得有些迫不及待，整個人都要貼過來：「噯，考完了我請妳吃飯啊姊，這次多虧妳了！」

「不用喊我姊。」

「這不是重點，重點是吃飯！」

許呦不動聲色地往旁邊移了移，擺擺手，「不用了。」

她想了一會兒，還是問：「你知道謝辭去那裡了嗎？他為什麼不考試？」

李傑毅右手玩弄著手機，聞言啊了一聲，不在意地回答：「不想考了唄。」

「那他，沒什麼事吧？」許呦聲音小小的，低得幾乎聽不見。

李傑毅眉毛一挑，眼睛看向她，似乎很莫名，「他能有什麼事？」

許呦被噎住兩秒。她坐直身體，搖搖頭。

李傑毅又問了一遍同樣的問題，許呦聽到他帶點意味的笑聲，「有事也輪不到阿辭有事。」

這次英語考卷出奇地簡單，許呦花不到一個小時就把考卷都寫完，交了考卷離開考場時，校園裡人還很少。

她四處轉了一會兒，回到教室裡。

教室裡只有幾個人，包括她在內也就四個。

許呦到位置上坐下，把兩天考完的考卷整理分類。整理完後有些口渴，她拿起桌上的水杯。

不知道為什麼，這次杯口特別緊，她試了兩三次，總是擰不開。

她吐了口氣，把水杯重新放到桌上，甩甩手。許呦咬緊下唇，白皙的瓜子臉皺成一團，把手放在胸前，彎腰準備再試一遍。

忽然感覺到旁邊站了一個人，她反應不及，手裡的水杯被人從頭頂上抽走。

許呦一轉頭，看到謝辭靠在她身後的書桌上。他懶懶散散地笑著，手一使勁，輕輕鬆鬆就把水杯轉開。

她整個人都看呆了，訥訥地說了一句謝謝。

謝辭唇角勾起一抹笑，把水杯放在一旁。他彎腰歪著頭，手撐著椅子，微微俯身打量著她的眼睛：「聽李傑毅說，妳很關心我？」

他臉上一本正經，話說得隨隨便便，就像詢問一件很普通的事情一樣。

距離太近，許呦別開頭，匆匆把水杯放到一邊道：「沒有。」

她今天還是穿著校服，外套脫了，身上就一件短袖。一大截手臂、手腕露出來，似乎特別白。

「是嗎？李傑毅騙我。」謝辭默然地看了她一眼，上下瞟了兩眼，又想繼續說什麼。

許呦接過他的話，推托地道：「你別這麼無聊了，我還有事。」

兩人說著話，突然有人在教室門口喊他：「謝辭，幹嘛呢？快點，別磨磨唧唧的。」

見他有事，許呦頓時鬆了口氣，悄悄轉過去。

她不知道為什麼，和謝辭講話很不自在，也不太敢看他眼睛。轉念忽然又想起一件事，她轉頭喊住要走的人，有些猶豫：「那個，謝辭，你外套在我這裡。」

「什麼？」他像沒聽到的樣子，側首看她。

「你衣服忘在考場裡，我幫你拿回來了。」許呦好脾氣地解釋，低著頭將手伸進抽屜，摸索著把外套拿出來。

外面等的人看謝辭還慢吞吞的，忍不住探頭對教室裡面又喊了一聲，「哥！回來再跟妹子調情吧，快點。」

謝辭看著她一本正經的樣子，突然就笑了，恍然道：「妳偷偷私藏我衣服啊？」

許呦把黑色的運動外套遞過去，無聲地看著他，也不理睬那些玩笑話，但是心裡的無語在表情上體現出來，就差直接說出三個字。

神經病。

她的手很白，被黑色襯得尤其光潔透白，手背上細細的青色血管若隱若現。

「你再不拿著你的衣服，我就要丟到地上了。」許呦皺眉，看著沒動靜的某人。

不過軟綿綿的聲音，聽上去一點威脅性都沒有。

「行，我走了啊。」他慢慢騰騰地接過衣服，說走就走。一如平時的懶散，帶著一點輕浮浪蕩的腔調，慢悠悠地說了句，「呵，您脾氣還挺大。」

脾氣很大的許呦懶得理他的調侃，轉身。

§ § §

最後一場考試鐘聲響起，校園裡逐漸恢復生氣。走廊裡都是上上下下的學生，充斥著喧喧鬧鬧的雜音。

班上的同學沒一會兒都拿著考卷回到教室，三三兩兩地聚在一起對答案。

「唉，好煩啊，英語終於考完了。」旁邊一個人不耐煩地抱怨著，另一個說：「別煩惱，雞哥，你永遠是最菜的。」

然後便是一陣追逐打鬧，椅子書桌被碰撞得到處歪斜。

前面的鄭曉琳拿著許呦的英語考卷對答案，看到一半很沮喪，唉聲嘆氣地癟嘴：「天啊，我閱讀理解有好多題都和妳不一樣。」

許呦被她悲傷的表情逗笑，把考卷拿回來收好，安慰道：「沒關係，我很多題都是瞎猜的。」

一般學霸都是這麼不顯山不露水的，所以鄭曉琳才不相信，依然心情沉重：「我剛剛還在考場寫作文，就看到妳提前交卷了。」

「哎喲，小可愛妳居然會提前交卷？」付雪梨吸著不知道哪裡來的奶茶，邊翻雜誌邊和許呦說話。翻過一頁，又打了個哈欠。

她今天不知道為什麼有些精神不濟，和往常活力四射的模樣差了許多。

許呦有點擔心，摸了摸同桌的額頭問：「妳不舒服嗎？」

「沒有啦。」付雪梨好笑地拖下許呦的手，「昨晚沒睡好。」

話沒說到兩句，班導師從教室門口進來，走到講臺上。她一言不發，教室裡卻漸漸安靜下來，所有人各回自己的位置。

「這次月考結束了，你們自己是什麼等級，自己心裡也有數。」

許慧如雙手撐在講臺上，目光掃視了下面一圈，「成績明天就可以出來，我打算下個星期幫你們換座位，有意願的私下找我。」

底下不出所料，一片唉聲嘆氣。

「老師，成績這次怎麼出來得這麼快啊？」有人大聲問了一句。

班上各個地方又開始竊竊私語。

謝辭和宋一帆換了位置，就坐在許呦正後面，看她低頭找了半天的東西，心不在焉地打量著她的背影。

付雪梨湊過去，好奇地問：「小可愛，妳幹什麼呢？」

「找我的鑰匙。」許呦蹲下身子，把抽屜裡的書全部翻出來看了一遍——沒有。又拉開書包拉鍊，在裡面翻了半天。

付雪梨幫她看桌面上有沒有，一邊翻一邊問：「啥時候不見的？」

「不知道。」許呦仍在低頭亂找。

宋一帆湊熱鬧，扒著書桌看她們，「怎麼了？怎麼了？發生什麼事了？」

許呦把座位翻遍了，還是沒有，不由得沮喪地說：「我鑰匙掉啦。」

「掉了妳就撿起來唄。」宋一帆順口回答。

「可是它掉了。」許呦懵了一下，「怎麼撿？」

宋一帆理所當然地說：「用手撿啊。」

「可是，鑰匙掉了，它掉了。」許呦不明白為什麼他不懂。

在一旁的付雪梨突然明白過來，說：「許呦，妳是丟了鑰匙吧？」

「對啊。」許呦轉過臉，茫然道：「怎麼了嗎？」

「哎喲，我靠。」宋一帆笑出聲，「原來你們那裡掉了和丟了是同個意思？」

許呦坐回原位，不想搭理他。

這個時候她沒心思去管南北方說法的差異。在腦海裡想了一遍又一遍，鑰匙會去哪裡呢？

明明放在書包裡了……她記得。

然後……

喔！對了。

許呦眼睛一亮，轉過身去，雙手扒在桌沿上，問：「你衣服裡面有我的鑰匙嗎？是不是剛剛不小心一起給你了？」

謝辭身體略微前傾，挑了挑眉，興致勃勃地低聲說：「妳猜。」

「我不猜。」許呦一口回絕，說：「你把鑰匙還我。」

謝辭笑了一聲，「妳要我還我就還啊。」

賤賤的，痞痞的，模樣十分欠揍。

旁邊很不識相的宋一帆插嘴，「哎喲，阿辭，你看人家小女孩急了這麼久，快還別人，你是不是大男人啊？」

「有你什麼事？」謝辭聲音淡然地反問他。

許呦以為他真不打算還她，不由得著急，攤出白白的掌心：「謝辭，快給我，我的鑰匙。」

謝辭單手放在桌上轉筆，打量了她幾秒鐘。

他皮膚很白，瞳仁黑亮，明明有一副好皮相，卻總是不正經的樣子。謝辭偏頭，想了一會兒，玩味地道：「叫一聲哥哥來聽就還妳？」

宋一帆：「……」

許呦一聽，薄薄的臉皮頓時漲得通紅。

「喊不喊啊？給妳三秒鐘。」他無恥極了，開始倒數。

「三——」

「二——」

「一——」

許呦沒反應過來，又害怕他真的不給她，情急之下脫口而出：「哥哥。」

他好像愣了一下，幾個人都安靜了幾秒。

謝辭最先笑出聲，應了一聲。他舌尖抵在牙齒上，轉了一圈，聲音低啞著說：「許呦，妳怎麼這麼嗲？」

「神經病，變態！」許呦氣得滿臉通紅，口不擇言地罵著謝辭，一把搶過鑰匙轉了過去。

周圍安靜兩秒。謝辭猛地低頭，嘴角歪歪扭扭地勾起。

笑聲一開始很小，斷斷續續地響了一會兒，然後停住了。過了一會兒，終於又慢慢開始，到最後實在忍不住放聲大笑起來。

其實宋一帆也在憋笑，他勉強咳了兩聲，剛想開口說話，就看到許呦又轉了過來。

他一哽。

許呦咬著唇，抓起一本書往謝辭身上扔，「你是不是有病！」

「噯，好好說話，怎麼這麼暴力？」謝辭笑得肩膀一抖一抖，手臂一抬擋下書本。

又一本書飛過來。謝辭機靈地往旁邊一躲，嘴裡叫道：「我錯了我錯了，大姊，妳是我姊行了吧？別打了，別打了。」

「妳真的太好欺負了。」

星期三下午放學，許呦和付雪梨留下來當值日生。

教室裡一個兩個漸漸走光，落日餘暉的昏黃光線籠罩整個校園。

「許呦。」付雪梨一手捂著口鼻擦黑板，叫許呦名字。

她正在把椅子一個個翻到桌上，手裡拿著掃地，聞言「啊？」了一聲。

「怎麼了嗎？」

「告訴妳，對待謝辭他們這種人，就要強勢一點。」

付雪梨把板擦丟到講臺上，拍拍手，「以後他再調戲妳，妳就一巴掌上去，要他知道什麼叫力量。」

許呦繼續低頭掃地，認真地把各種小垃圾從角落裡掃出來，聽付雪梨嘮嘮叨叨，「就像今天，妳直接跟謝辭來硬的。」

其實許呦很少發脾氣，今天真是意外。

她最近越來越管不住自己，每次面對謝辭，明知道不該搭理他，但是看著他那副痞賴的模樣，她就是忍不住。

「不過整個年級，應該還有不少高一的學妹暗戀謝辭，老有人來我們班要他的聯繫方式。」付雪梨戳開一瓶優酪乳，放在嘴裡吸。

許呦餘光看見窗戶外面有人，付雪梨還在繼續說，「所以老是有傳聞，像什麼他不專情，女朋友換得挺多又快啊，校外也有啊，每一任都是玩玩而已這些。其實我跟謝辭一起玩這麼久，也沒看過他交過多少女朋友。所以謝辭喜歡逗妳玩，其實就是男孩子氣了點，調皮，妳別太放在心上。」

許呦掃完地，把垃圾鏟到垃圾桶裡，用手背擦了擦額頭上的汗，有些疑惑地回望：「雪梨，妳跟我說這些幹嘛？」

「啊？」

猶豫了好久，付雪梨走過來，手撐在膝蓋上，側臉看許呦，「我覺得謝辭好像有點喜歡妳。」

「……」

「是真的，我第一次看他這麼有耐心，反反覆覆去調戲女生。妳不知道，他以前真的很怕女生吵，我現在越想越覺得不對勁，還有，宋一帆跟我說妳在考場被人騷擾，謝辭當場就火了，跟人動手。」

許呦急急忙忙打斷她，「不是不是，妳誤會了，真的，考場的事情和我沒什麼關係。」她後退兩步，把垃圾桶提起來，逃避地說：「我先下樓去倒垃圾。」

看著她落荒而逃的背影，付雪梨心裡有些複雜。她百無賴聊地坐在桌子上，晃動著兩條細白的腿，邊喝優酪乳邊玩手機等許呦回來。

過了幾分鐘，她等得不耐煩，從書桌上跳下來，跑去教室門口準備去看看。還沒衝出教室，剛剛到門口，付雪梨就扶著門框，身形一頓。

許星純手裡拎著書包，模樣高高瘦瘦，就這麼靠在外面的牆上，表情寡淡地瞧著她。

付雪梨早就習慣他一副死人臉的模樣，不在意地後退兩步，下巴抬起來：「你在這裡幹嘛？」

他依舊靜默著不說話，就這麼看著她。

付雪梨突然想起一件事，眼睛轉了轉，心虛地咬唇，小聲嘀咕了幾句。

許星純默不作聲地看她的小動作，良久才開口：「妳放在我桌上的東西。」

「對、對啊。」付雪梨每次看他這種樣子就沒了自信，結巴一會兒，還是壯著膽子說：「有什麼問題嗎！」

她已經開始厭倦這種被管束的日子了。

國中的時候，他們同一班，兩人是同桌。那時候她調皮，覺得許星純看起來老實好欺負，總喜歡讓他幫忙倒水，吃完的零食袋直接扔到他座位上。後來才知道他成績好，作業全都交給他寫。

再後來，兩個人還在同一班。她一如既往地欺負他，許星純也一直默默忍受。

國三不知道他為什麼莫名其妙表白了，兩個人就這麼糊里糊塗地在一起。

在一起之後，付雪梨才知道許星純遠遠沒有看起來好欺負。外人眼裡他是十佳好班長，看起來老實規矩，其實性格隱忍又悶騷，占有欲特別強，管她跟管女兒似的。

她又愛玩，上高中以後繁忙程度和國中沒得比。許星純沒那麼多精力和時間，不變的是依舊喜歡管她，甚至干涉她交什麼朋友。

像付雪梨這種天生大大咧咧，放蕩不羈愛自由的美少女，雖然喜歡帥哥，但也真的不想在一棵樹上吊死。

她還在回憶著往事，許星純早已經走到面前。

「付雪梨。」他總是喜歡連名帶姓叫她名字。

被喊的人，心裡一顫。

他眼底有很重的陰影，看樣子很多天沒睡好了。兩人對視著，許星純停頓了一會兒，壓抑著聲音，「我不同意。」

向來沉靜的眼底，此刻卻流淌著壓抑複雜的感情。

「什麼不同意？」

「分手。」

付雪梨想走，被許星純一把拉住。這種強硬的動作，輕易地激起叛逆少女那一顆不服輸的心。

「憑什麼，你怎麼這麼自私？」付雪梨心裡軟弱，嘴上卻毫不客氣地反擊。

喊完話，發現兩人太近了，她想後退，卻被他一把抓住。

「對，就是這麼自私。」

許星純不想和她繼續廢話，俯下頭，閉眼直接堵上那張喋喋不休的紅唇。

對，他是自私，沒辦法忍受她為了開心去接觸別人。本來對其他人沒有情緒，可她投入了太多精力讓他太嫉妒。他那麼可憐，從小到大只有她對他笑過。可現在，她卻對別人露出一模一樣的笑容。

看著她沒心沒肺的樣子，許星純真想把心掏出來給她看。

第四章

妳好像對妳的救命恩人很不滿意啊？

傍晚，太陽灼燒了一天的地面，開始散發熱量。

一中校園裡到處灑落著金色的晚霞，遠處有一些打完籃球的男生，三三兩兩地走出校門。

許呦坐在樓梯上，下巴枕著膝蓋，頭髮垂到腿上，呆呆地直視前方，腦袋裡一直回想剛剛不小心看到的那一幕……

她只看了一眼就落荒而逃，像不小心窺見了天大的祕密。

班長居然……居然和雪梨……在接吻。

黃昏裡的熱風有梔子的氣味，樹葉被吹得簌簌響。

許呦還坐在臺階上發愣，眼前的霞光被一道黑影擋住，頭頂上方傳來一道熟悉的聲音：「您坐在這裡欣賞風景嗎？」

謝辭穿著無袖的白色球衣，右臂抱著籃球，垂眼看她。

他剛剛打完球，黑色短髮被浸濕，漆黑的瞳孔亮得嚇人。許呦沒搭理他，轉頭專注地看地面。

謝辭笑了笑，把籃球拋給在遠處等著的人，歪了歪頭，示意他們先走。

那邊幾個兄弟看謝辭好像有情況，識相地比了個手勢。

籃球砸在地上，咚咚咚。遠處的腳步聲，人群的笑談聲漸漸遠去。

謝辭微微活動脖子，蹲下身子，手肘彎起來搭在膝蓋上，仰臉瞧她。

許呦坐在臺階上，比他高一點。

「呦姊，還跟我生氣嗎？不就是讓妳喊了一聲哥哥嗎？」他自己喊完這個名字都忍不住笑。

許呦抬起眼皮，以為很有威懾力地瞪他，「誰是你姊？」瞪完還不爽快，又氣鼓鼓地白了他一眼，頭朝旁邊扭，一句話也不說。

謝辭嘴邊一抹笑。他伸出一根手指，點著她的臉蛋問：「不是我姊，那就是我妹妹嘍？」指腹劃過一片白嫩嫩的皮膚，有絲絲酥麻的觸感，他手一頓。

「誰是你妹妹。」許呦站起來想走，又被人跨步一擋。她左走右走，下意識躲開他的手，情急之下推他一把。

明明也沒多大力，他一個站不穩，順勢往後倒，手裡還拽著她的手臂。

一陣天旋地轉，兩人雙雙摔倒在地，許呦被帶進他懷裡，兩人姿勢成了她趴在他身上。

剛剛運動完，謝辭身上有一點點汗味，皮膚還散發著熱量。許呦的鼻尖撞到他肩膀上，疼得呲牙。

他大大咧咧地躺在地上，抬眼看著近在咫尺的她。素淨的面孔，腮邊一縷烏黑的髮垂著，眉尖微蹙，雪白的頸項上纏繞著溫潤的紅線。

這副樣子讓他忍不住看了又看，瞧著瞧著就和她的視線意外撞上。謝辭一瞬間忘記自己在幹什麼，稍微反應了一會兒，才不好意思地挪開。

許呦掙扎著要起來，卻被謝辭單手扯住衣角，不停撲騰。

「你要幹什麼，流氓啊！」許呦咬著唇，臉頰泛紅，眼裡因為羞惱而有亮晶晶的水光。

懷裡的觸感溫暖柔軟，有點乾淨的茉莉花淡香。他吹了吹許呦頰邊落下的碎髮，微微湊近她耳廓，低聲笑哼。

聲音太小，她沒聽見。

許呦手忙腳亂地爬起來，腿跨下去的時候，又被他屈起的膝蓋惡意一絆，差點歪倒。她的手撐在地面上，穩住身形，掌心黏黏膩膩地出了一些汗。

許呦氣得臉頰通紅，顴骨發燙，半跪坐在水泥地上瞪他。躺在地上的人也不急著起來，慢悠悠地撐起半個身子，和她面對面。

被晚風拂面，心情忽然好到不行。

「怎麼？妳好像對妳的救命恩人很不滿意啊。」他抬手拉著頭髮，嘴角帶笑。

許呦還在生氣，下意識用腳踢他，「你算什麼救命恩人。」

這一腳很用力，結結實實地直接踢到老大身上，反應過來之後，兩個人都是短暫的安靜。

看他一直不說話，她有點心虛，忍不住小聲問了一句：「很疼嗎？」

謝辭繃不住，嘴邊掛著笑回：「疼啊，呦姊。」

她忍不住說，「你別這樣叫我。」

「那叫妳什麼？」

「叫我名字就行了。」

謝辭笑了一笑，說道：「許呦？」

「嗯。」

他又喊了一聲，「許呦？」

「……」

這回她不理，直接繞過他走了。

謝辭看著她跑遠的背影，扯起唇角，嘶了一聲。

鑽心的甜。

§ § §

第二天是星期四。早上第三節課下課，教室裡反常地氣氛沉悶。

因為第四節課是數學課，也就是班導師的課。

除了念成績，還要換座位。

下課時已經有不少學生，按捺不住心急，跑去辦公室偷偷看成績，許呦前面的鄭曉琳也是其中之一。

前面位置空著，周圍的人都趴在桌上睡覺。就許呦一個人，邊整理筆記邊啃小蘋果。

下課十分鐘，一晃而過。上課鐘響前，看成績的同學陸陸續續跑回來。他們彷彿凱旋的英雄，一到教室就有一圈人圍著問。

「你看到我成績了嗎？」

「你考了多少名？」

「看到了嗎？看到了嗎？」

「怎麼樣，幫我看了沒，我幾分？」

鄭曉琳氣喘吁吁地回到座位，看樣子考得不錯，心情很好。她一臉喜色，正準備轉頭說什麼，班導師就推開門進來。

許呦抬頭，把啃到一半的蘋果收起來，她小動作推了推身邊的人，小聲說：「別睡了，老師來了。」

許慧如走向講臺，目光在教室裡逡巡了一遍，手裡捏著一張成績單。她清了清嗓子，然後開口道：「都安靜一下，今天有點事要跟你們說。」

底下一片鴉雀無聲，連針落到地上的聲音都可以聽見。

「這次月考成績出來了。」她一邊說著，一邊又看了看單子，「我知道，你們有些人不關心成績，我這次就著重表揚一下，我們班這次月考進全學年一百名的有七位。」

此話一出，底下一片譁然。

全學年有將近三十個班級，有好幾個資優班，還不包括陽光班和衝刺班。普通班通常有兩三個學生進入前一百，老師臉上都很有光了。沒想到這次平行班裡最混的九班，第一次月考就拿了開門紅。

班上的學生漫不經心地聽，後面的一群人更是百無聊賴。

宋一帆無聊地轉著筆，和謝辭聊天：「阿辭，不然我們下午體育課就翹了吧？」

「幹什麼？」

「去打撞球吧，好久沒打了。」

「不去。」很平淡的聲音。

宋一帆摟住謝辭的肩，湊近說：「辭哥，怎麼開始清心寡欲起來了？別這樣啊。」

「滾。」

宋一帆自討沒趣，轉向隔著一條走道的徐曉成，「成哥，下午去玩嗎？」

許慧如目光看過來，大聲呵斥，「宋一帆，你還講話，你看看自己考成什麼樣了！」

宋一帆被點名，瑟縮了一下肩膀，苦著臉耍寶：「老師，您不能因為我考得差，連話都不讓我說啊。」

班上有人被逗笑。

許慧如瞪著眼睛，「考個全學年倒數，還跟我嬉皮笑臉。」

宋一帆摸摸鼻子，講臺上的聲音還在繼續。

「你就不能跟坐在你前面的同學多學學，在同個地方學習，你考最後，人家考全學年第一！」

被點名的許呦，正在寫字的手一停。

班上一片倒抽氣的聲音，許多人不敢置信地扭頭，看向坐在後排的新同學，目光都變得不一樣了。

我個乖乖啊，這個轉學生還是厲害啊，一來就超越了全學年第一霸主許星純。他們姓許的是不是天生有學神光環……

要知道，九班之所以厲害，除了富二代多，還有一個原因就是全學年第一在這個班上。

許星純在排行榜上的名次基本上雷打不動，從國中部升到高中部，一直位居第一。

不少人還疑惑過他為什麼不去衝刺班，非要待在九班。沒想到這一次，不聲不響就被一個女生壓了過去。

「我現在念一下這七個人的名字，其他人的排名等會兒我讓班長貼到後面，自己去看。」

班上議論的聲音漸大，許慧如示意他們安靜，頓了頓後繼續說：

「許呦，班級第一，全學年第一，總分六百九十八分。」

「許星純，班級第二，全學年第二，總分六百七十七分。」

「陳春林，班級第三，全學年第三十二名，總分六百四十五分。」

「向飛，班級第四，全學年第六十七名，總分六百三十三分。」

教室裡空調運作著，吐出絲絲冷風。

許呦有點感冒，低咳了幾聲，繼續握筆寫作業。她沒什麼表情，彷彿考第一的不是自己，或者已經習慣了似的。

把練習冊上的最後一題算出來，許呦停筆。她吸了吸鼻子，低頭在抽屜裡找衛生紙。圓珠筆被震了兩下，從桌上滾到地上。許呦扭身，彎腰把筆撿起來。抬頭的瞬間，對上謝辭的雙眼。

他嘴裡嚼著口香糖，兩人均是一愣。

講臺上，許慧如說：「等會兒大家把東西收拾好，下午體育課上完了，回來換位置。」

中午在食堂吃完飯後回寢室，許呦簡單洗了個澡，換個睡衣出來。在椅子上坐了一會兒，隨手拿本書在手裡翻著。

廖月敏本來在寫作業，看到許呦突然說：「許呦，妳看了月考排名了嗎？妳是全學年第一耶。」

許呦翻書的動作一頓，點點頭，「看了。」

「真的是許呦？」李玲芳剛上完廁所在洗手，也不可思議地轉頭。

她是陽光班的。早上成績出來不久後，班上同學都在議論，這次全學年第一是九班的女生。月考分數力壓各路學霸，以六百九十八分的恐怖高分直接空降第一。大家都在感嘆，真是自古九班出學神。以前是許星純，現在是這個女生。

「是許呦。」廖月敏肯定，她放學之後特地跑去分數榜看了。

「哇，厲害厲害，果然人不可貌相啊！」陳小讚嘆，「我以前就覺得許呦肯定是學霸，沒想到原來是學神。」

許呦默默聽室友說話，拉開抽屜找到消炎藥，剝了兩顆放到手心。

「阿拆太厲害了，考這麼高分簡直不像話，連我們班那個第一名都被甩一大截。」

「對啊，接近七百分。我每次看到這種分數就虛，妳說這除了語文作文扣了一點，其他不是科科都要接近滿分？」

這個時候，陳小突然轉頭問李玲芳：「噯，妳們班這次第一是誰啊？」

「不知道，好像還是張珂珂吧。」

「不是邱青青？」

「她？」李玲芳想了一會兒，「這次沒考好，我也忘記她多少分了。」

她把手往桌上一拍，「對了對了，是不是月考之後要開運動會了？」

「聽體育班的人說應該是快了。」

許呦握著玻璃杯，往嘴裡灌水，吞咽下藥片。吃完感冒藥，慢吞吞地爬上床睡午覺。

下午第一節課就是體育課，體育委員讓全班直接去操場集合。

正午剛過，日光仍舊強烈，蟬聲噪噪躲在樹蔭下。

周遭空氣悶熱，許呦卻渾身冒冷汗，臉色發白。她心裡發慌，眼前有點暈眩。

隊伍按照高矮順序站成四排，女生兩排，男生兩排。

體育老師在前面點名，問體育委員：「你們班怎麼回事，這麼少人？」

馬志偉喊：「報告，有的男生去拿器材了。」

體育老師點點頭，也不再追究，隨口宣布今天的任務，「女生打排球或者羽毛球，男生去打乒乓球。」

原地解散以後，許呦找老師請了個假，回教室休息。

她臉色蒼白，就那麼站著都快搖搖欲墜，把體育老師嚇了一跳，連忙問：「要不要找個同學陪妳去醫務室？」

「不用了，謝謝老師。」許呦啞著聲音，擺手拒絕，「教室裡有藥。」

「那好，妳小心點。」

她走回教室，經過走廊，許多班級已經開始上課，老師站在講臺上講課。

經過的時候引起教室裡少數人側目，外面的陽光被樹葉切割得細細縷縷，亮得晃眼。

許呦從後門進教室，剛剛推開門，她一愣。

裡面有一群人在打撲克牌，還有人叼著抽了一半的菸。男男女女，一眼看過去很陌生，她都不認識。

不是班上的同學。

涼颼颼的冷氣混合著一點菸味撲面而來，讓許呦又打了個噴嚏，她連忙抬手掩住嘴。

「妳進不進來啊？把門關上，熱死了。」有個短髮女生側頭朝許呦喊，模樣很不耐煩。

這下子，所有人都朝這邊看過來。

許呦剛退後兩步，想幫他們拉上門，找別的地方待一會兒，突然一個驚喜的男聲響起：

「——哎喲，我的小姊姊啊！恩人啊！！別走別走。」

他的聲音太大了，許呦想無視都沒辦法。腳步一緩，就被李傑毅快步追上。

他拉著準備走的許呦進教室，其他幾個人此時也反應過來。謝辭把手裡的牌一丟，想起身。

許呦使勁掙脫，仰頭跟他說：「手放開，我感冒了，別離我太近。」

她感覺到很多人在看這邊，心裡有些害怕和不自在。

李傑毅笑嘻嘻地搓手，嘿嘿兩聲，說：「好好好，託您大福，我這次考了五百多分呢！」

「嗯。」

一個男生笑道：「李傑毅，你這幾天跟我們念叨的恩人就是這位？」

許呦眼見走不了，便低頭，想繞過他回自己位置。

「噯噯噯。」李傑毅轉個身，討好地對她背影喊：「有時間請妳吃個飯。」

一群陌生人的注視讓許呦覺得很困窘。但是她吃了感冒藥，此時腦袋還昏昏沉沉的，沒有力氣去想別的。

陳晶倚看著謝辭，他一直盯著座位上的那個女生看。她不動聲色地打量了幾眼，轉頭問宋一帆，「這是誰啊？」

「全學年第一。」他正在洗牌，隨口回了一句。

「She is my hero。」李傑毅美滋滋地說。

徐曉成翻了個白眼，「毅哥，就依我們這種英語水準，平平淡淡地說句中文不好嗎？」

坐下來倒沒有站著難受，不過後面那群人沒一會兒又開始嬉笑玩鬧，吵得腦袋疼。許呦習慣性地把練習冊拿出來，寫了幾題就寫不下去了，把筆一扔。

教室裡四支風扇不停地轉，立式大空調也在運作，吐出冷氣。

許呦捂著嘴巴，又連打幾個小小的噴嚏。鼻子好像也塞住了，呼吸不太順暢。

她頭疼，沒一會兒就迷糊起來。抽出校服外套墊在書桌上，趴上去，在吵鬧聲裡漸漸睡去。

「張天宇。」謝辭丟出一張牌，背抵著牆，懶洋洋地喊旁邊男生的名字。

張天宇出牌的動作一頓，側頭問：「怎麼了，辭哥？」

「把菸熄了。」

張天宇：「……」

還來不及吐出的一口煙被他硬生生地憋回去，這、這是幹嘛？

張天宇剛按熄了菸，就看見謝辭從位置上起身，長腿一跨，從宋一帆身後出去。他徑直去一組後面，頭抬起來看看風扇，然後啪地一下，關了所有開關。

睡得迷迷糊糊的許呦在恍惚中感覺周圍的冷風和緩了一點。

被叫醒的時候，教室裡的人都在吵吵鬧鬧地收拾東西。許呦從臂彎抬起臉來，揉了揉眼睛。

付雪梨的臉近在咫尺，她的睫毛眨了眨，低聲說：「小可愛，要換位置了，收東西啊。」

許呦抬頭，發現每個人的名字都用粉筆抄在黑板上。從左到右是第一組到第四組。

她第一次看到這麼新奇的排座位方式，花了一會兒找到自己名字，第一組第四排靠外面。

許呦把水杯、小本子裝到書包裡，邊抬頭在黑板上找付雪梨的位置。

「雪梨，妳坐哪裡啊？」許呦找了半天沒找到。

「妳前面啊。」付雪梨喏了一聲，「第一組第三排。」

許呦又仔細看了一次，發現她名字上面一行赫然寫著：許星純、付雪梨。

「妳跟班長坐在一起？」許呦有些驚訝，轉頭問。

問完才覺得自己好像說錯了話，不過還好付雪梨沒察覺，她嗯了一聲，有點悶悶不樂，「唉，不知道老師是怎麼想的。」

許呦知道她和班長關係不一般。沉默了一下，還是什麼都沒說，靜靜收拾自己的東西。

沒過一會兒，位置換的差不多了。

許呦把書搬到第一組。她的新同桌是個戴眼鏡的男生，看上去很老實。

「嗳，許呦妳好，我叫楊康。」那個男生很熱情，幫許呦把書搬到桌上。

許呦的鼻尖沁了點汗，她點點頭，「你好。」

兩個人剛說了幾句話，楊康身邊的透明玻璃窗被人用力拉開。

謝辭單手撐在窗臺上，另一隻手撐著窗框，垂眼看著楊康說：「兄弟，換個位置。」

楊康是個老實人，不敢惹謝辭這種校霸，也不敢問為什麼，二話不說就收拾東西迅速走人，旁邊的桌子被人強行清空。

許呦心裡又是無語又是生氣，手擱在桌上，低頭寫作業。旁邊的人立著，她就是不起身讓他進去。

謝辭很有耐心地陪她耗，時不時用膝蓋頂她的書桌，「讓一讓啊，妳想要我上課坐走廊啊，同學？」

「你和別人換回來。」許呦抬頭，妄想和他講道理。

「我不要。」

但是看到他那副吊兒郎當的痞子樣，許呦就知道跟這種人講道理完全是白費功夫，所以她又把頭低下去，「那我也不要。」

「妳不要什麼？」

「不讓你進去。」

兩人就這麼廢話了半晌，到最後謝辭都被逗笑了，懶得和她再繞。他從教室門口出去，走到窗戶外面。

在許呦震驚的目光下，謝辭手扒著窗框，一使力，從窗戶外直接跳進來。

「你是土匪嗎！這麼不講道理！」

謝辭拉開椅子坐下來，竟然還「嗯」了一聲，反問她：「講什麼道理？」

「你、你、你到底要幹什麼啊？」許呦憋了半天，就冒出這一句話。

謝辭垂眼，手肘放在膝蓋上，傾身靠近許呦脖子邊，「妳不知道我要幹什麼？」

她沒吭聲，後退一點拉開距離。

他的視線從她的眼睛滑到鼻梁，再停到花瓣一樣的唇上。

許呦覺得有點不對勁，不想再說話，急急撇過頭。

被人那麼盯著看，許呦覺得渾身都不對勁。忍了半天，她漲紅著臉，實在忍無可忍，推開旁邊的人：「謝辭，你別湊這麼近。」

她不知道自己生氣的樣子有點可愛，鼓著臉頰，一個人在那裡嘟嘟囔囔。

「妳害羞了，許呦？」他傾身，歪頭打量她的表情。

許呦用力把嘴唇抿緊，試圖平靜地說：「沒有。」

「明明生氣了。」

「我沒有。」

她是靦腆不乾脆的個性，再惱火也不會表現出來。所以許呦緊閉嘴唇，努力克制自己，臉往旁邊一轉。

兩三秒後，她用筆尾點點兩張桌子間空隙的那條線，「這是分界線，你不要超過位置。」

「三八線？」

謝辭語氣拔高。他單手支著頭，壓低的聲音裡滿是調笑，「妳都多大了，還玩這種小學生都不玩的東西。」

許呦把手裡的筆一摔，深吸一口氣，冷靜兩三秒鐘。

算了，忍吧。

沒一會兒，化學老師走進教室，手裡拿著考試的考卷。他到講臺上，環視了教室一圈，第一句話就是：「誰是許呦？站起來我看看。」

許呦被點名，手撐在桌子上站起來。

「妳叫許呦？」何老師笑咪咪地問。

許呦點點頭。

「小女孩挺厲害啊，不錯不錯。」

許呦有點臉紅，訥訥地低頭說不出話來。

何老師在辦公室也有聽到各科老師討論，這次全學年第一是九班的一個轉學生，每一科分數都很高，尤其是物理和數學，考出了兩門滿分。

他象徵性地說了兩句，就讓許呦坐下。

許呦剛坐下，旁邊正在低頭玩 PSP 的人一笑，裝腔作勢地說：「哎喲，我們許學霸厲害了，厲害了厲害了。」

許呦吐出一口氣，真的很想逃離這個地方。

「好，現在大家把考卷拿出來，我為你們簡單講解一下這次考試錯的題目。」

教室裡一片嘩啦啦翻考卷的聲音。

何老師在講臺上，手揹在身後來回踱步，「這次呢，有幾個重點，其實要說題目，也不難，沒什麼新穎的地方……」

此話一出，底下一片唏噓。

題目講了大概二十分鐘，課上了一半，老師便讓同學把黑板上的題目整理到自己的改錯本上，不懂的可以互相討論，或者請教他。

剛換座位，或多或少有點新鮮感，老師一說要自由討論，教室裡就開始有嗡嗡的嘈雜聲音。

許呦把改錯本打開，剛寫了兩道題目，付雪梨就湊過來找許呦講話：「小可愛，下個星期運動會，我帶妳出去玩好不好？」

許呦看她滿臉燦爛的笑容，猶豫了一會兒說：「老師應該不會允許吧……」

「這都是小事。」付雪梨興致勃勃，還欲再說。前面傳來一道涼透的男聲，是許星純：「付雪梨，老師來了。」

話音剛落，付雪梨瞬間轉過去坐好。表情收斂，姿勢瞬間到位。

許呦看得目瞪口呆。

等反應過來，付雪梨看到站在遠處的老師，知道被騙後表情僵在那裡，有點尷尬，這大庭廣眾之下的。

她有點生氣了，刷地轉回身，對許星純惱火道：「幹嘛啦，有毛病！」

許星純低垂著睫毛，無動於衷地寫作業，臉上的表情一如既往的冷淡，像沒聽到一樣。

他的校服領口乾淨，側臉看起來很安靜，不食人間煙火的模樣。

付雪梨卻越看越氣，誰能比她更清楚，許星純表面上看著單純，其實就是一個斯文敗類。她一把搶過他手上的筆，故意在他考卷上劃兩下，幼稚地說：「大猩猩。」

許星純低眼看考卷上被畫出兩條蜈蚣似的黑線，沉默了兩秒。

「咯咯咯。」看他不說話，付雪梨得逞似的哈哈大笑。

她從小到大都以欺負他為樂，每次欺負到他默默忍氣吞聲就很開心。

「上課不許和別人講話。」許星純略微停頓了一下，說完就撇開眼。

正經又嚴肅的樣子像個古板的老幹部。付雪梨輕哼一聲，趴到桌子上轉頭不理他。披散的黑髮尾梢掃過他的手背。

這句話她都快聽煩了，不許和這個講話、不許和那個講話、也不許和任何一個人講話……他自己的性格那麼沉悶，付雪梨又是個小話癆，不和別人講話，那她和誰講啊……真不知道這幾年怎麼忍過來的。

付雪梨癟嘴，要不是看他除了占有欲比較強，性格還算是無可挑剔，長得又帥，她才不想和他談戀愛呢。

「許老師，為我講解一下題目唄。」

許呦正專注地寫題目，旁邊又響起一道漫不經心的聲音，玩世不恭又很欠揍。

她假裝沒聽到，筆下不停。

謝辭慢悠悠地收起PSP，將椅子移過來一點。他腿長，故意擠到許呦桌子底下，抖抖抖，「講不講，倒是給個回應啊。」

許呦本來不願意搭理謝辭，桌子卻不停地跟著他的節奏抖抖抖，而且似乎樂此不疲。

許呦被顛簸得寫不了字，氣不過，低下頭準備踩他一腳。沒想到謝辭反應更快，眼疾手快地一把撈過她的腳踝抓住。

「喂，你、你放開我，我跟你講！！」許呦急了，身體平衡也沒怎麼把握好，微微彎腰去扯他的手。

他力氣大，她這種弱雞哪能比。

謝辭微微低下頭，抬眼問她：「還要不要跟我鬧？」

教室裡亂哄哄的，誰也沒發現這裡的動靜。她蹙起眉頭，狠狠地深呼吸，半天才憋出來：「明明是你——」

「嗯？」他挑了挑眉，一隻手就圈起她的腳踝，固定住，五指稍微收緊。

這無聲的威脅讓許呦徹底沒了聲。

「要不要為我講解題目？」他得寸進尺。

許呦強忍住把書拍到他臉上的衝動，一字一句地說：「你、先、鬆、開。」

「妳為我講解，我就鬆開。」

其實他現在就是想跟她繞，一點也不想放開。

推拉了很久，許呦實在受不了，伸出手臂摸到他的考卷，拿過來。

「我講給你聽！哪一題，講完你可別煩我了。」

謝辭聽罷，笑了。

「你要我講哪題？」許呦按動圓珠筆，找了一張白紙。

謝辭脫口而出，「隨便妳啊。」

許呦：「……」

她扯下夾在謝辭手指間的答案卡。

拿著翻了翻，許呦無語地發現基本上除了他空著的題目，其他寫上去的每一道題都有點問題。

許呦暗暗嘆息，真心真意地說：「我覺得，你先看書比較實際，反正我講了，估計你也聽不懂。」

「什麼意思，看不起我？」他抬頭。

「沒有。」許呦單手托著腦袋，打算講解一點最基礎的氧化還原方程式。

她在草稿紙上憑著記憶，列了幾個經典化學方程式。剛寫完，一抬眼就看到他的臉近在咫尺。

謝辭的氣息有男孩特有的乾淨味道，還夾雜著一點點薄荷涼的菸草味。

秀挺的鼻尖上有一點淡痣，嘴唇薄削。

很好看的一張臉，就是眼神太有侵略性了，讓人不敢直視。

許呦往旁邊挪了挪，不著痕跡地拉開一點距離，謝辭卻又湊上去，嘴角上翹，喊她名字，「妳離那麼遠，我怎麼聽？」

第五章

這個人真奇怪，笑的時候像孩子，冷的時候像個謎。
脾氣也陰晴不定，像一個擁有少女心的憂鬱老大。

最後一節下課鐘聲很快就響起。

班上的人收拾東西離開教室，許呦低頭整理著作業，不急著走。她是住宿生，晚上吃完飯還要來教室自習到八點。

「嗯，不知道，吃完飯再去吧。」

謝辭背靠著牆，腿大大咧咧地伸到許呦那裡，悠悠哉哉地和人說話。許呦默默忍受著，剛把鉛筆盒全部收拾好，旁邊的玻璃窗被人拉開，一道甜膩的女聲傳來：

「阿辭，還不走啊，等著你呢。」

陳晶倚雙手撐在窗臺邊，模樣嬌俏可愛，就是領口有些低，胸前露了一點雪白。

她跟謝辭說話的時候，還不著痕跡地打量了許呦一眼，有點撒嬌的意味，故意說：「今天出去玩，少跟他們喝點酒，也別帶邱青青了。」

宿舍女生喜歡聊八卦，邱青青這個名字許呦很耳熟，也知道她和謝辭的那些糾葛恩怨。只不過許呦無心參與這些，更不想深究，只想快點收拾好東西離開現場。

謝辭打了個哈欠，站起來伸著懶腰，外套鬆鬆垮垮，拉鍊也沒拉。

「帶誰？」他像是沒聽清楚，眉頭皺著，偏了偏頭。

陳晶倚又重複了一遍，「邱青青啊。」

謝辭挑眉，「邱青青？」

「對啊。」

身後的人笑著調侃，「女朋友喲，嘖嘖嘖。」

謝辭半靠在身後的牆上，手指在頭顱上輕輕點了點，「這裡有毛病？」

他聲音淡淡涼涼的，也不知道是對誰說：「老子單身。」

§ § §

許呦從昨天半夜開始發燒，一直到凌晨三點吃了退燒藥才有些好轉。

她躺在床上沒什麼力氣，頭腦昏沉，快到天亮才睡去。

室友走的時候吵醒了她。許呦摸出手機傳訊息給老師，請假半天。又渾渾噩噩地睡了一會兒，許呦爬下床，去浴室洗了臉，換好校服。

臨走前，她瞄了瞄鏡子裡的自己。巴掌大的臉上沾著水，沒有一絲血色。瞳仁烏黑，唇色極淡，病懨懨的。

高二年級辦公室。

許慧如正在批改作業，旁邊冷不防地站了一個人，她的視線往旁邊一看。

許呦用袖子捂著嘴，低咳兩聲，喊了一句：「老師。」

「哎喲，妳不是生病嗎？跑來這裡幹什麼？」許慧如停筆，把許呦拉到身前。

「怎麼了？還好嗎？」

許呦搖頭，對她說：「老師，我燒已經退了，下午可以上課。」

許慧如內心稱讚這孩子聽話，簡直乖巧到讓人心疼。她拍拍許呦肩膀，「來辦公室找我有什麼事嗎？」

許呦低著頭，沉默了一會兒才小聲地說：「老師，我想換個位置。」

§ § §

星期五是要放假的日子，學生們的心情都很好。

教室裡打打鬧鬧，嬉笑聲不絕於耳。

鄭曉琳幫許呦搬書，看她靜靜收拾東西，「大神，妳真的要去我那裡坐啊？」

許呦點點頭。

「真是太棒了，以後又能問妳問題了。」鄭曉琳心滿意足，臉上綻開一朵花似的笑容。

她坐在第二組第一排，那是一個沒人想去的地方，一共兩個位置，都在老師眼皮底下。

這次月考成績出來後，鄭曉琳發揮得出奇地好，更加激勵了她奮發學習的鬥志，於是她主動要求一個人坐第一排。那個位置無疑是班上同學最討厭的地方，上課除了聽講，啥也不能幹，所以鄭曉琳就只能一個人坐了。

許呦蹲下身子，把抽屜的筆記本一樣樣拿出來。她的書已經搬到新座位上，在收拾最後一點零碎物品。

沒多久，頭頂上方傳來一道熟悉的聲音：「妳幹什麼？」

謝辭剛剛打完籃球回來，手裡還握著一瓶礦泉水。

跟在他後面的宋一帆探出頭，有些詫異地道：「哎喲，小許同學，妳這是要換座位啊？」

這時候東西都收拾得差不多了，許呦把一堆零零散散的小東西抱在懷裡，揹上書包。

她低頭，躲避他們的打量，「不好意思了，我眼睛有點近視，要去前面坐。」

理由很敷衍，擺明是不想坐這裡而已。

謝辭半隻手插著口袋，腳橫跨在走道上架著，動也不動，面無表情地攔住她的去路。

他雖然靜靜地不說一句話，周遭的空氣卻像凝固住似的，連宋一帆都不敢再嬉皮笑臉。

這是他發火的前兆。

許呦沉默了一會兒。她從小到大都乖乖的，沒惹過別人生氣。這次公然這樣換位置，讓謝辭或多或少有些難堪。許呦心裡知道她的行為不對，也有點愧疚。

可是，她也不能繼續坐在這裡和他當同桌。比起和同學處好關係，更重要的是成績。這也是父母一直重視的，她不能任性。

周圍都是嘈雜的說話聲，許呦蒼白著臉，安安靜靜地站在那裡。

外面的陽光從玻璃窗裡照進教室，打在身側，顯得她柔軟又脆弱。

兩個人無聲對峙。

宋一帆望著那抹纖細的身影，忍不住撞了撞謝辭，想讓他適可而止。

謝辭依舊毫無反應，就盯著面前的人看。

許呦騰出一隻手，慢吞吞地伸進外套口袋，摸索出一個東西。

一顆旺仔牛奶糖，在她看來，是能讓人心情變好的東西。

許呦猜他不會伸出手接，於是把懷裡抱著的零散物品放到一邊。仍舊低著頭，去牽謝辭的手。

謝辭頭一回沒逗她，靜靜地看著她的動作。低下眼睛，任由自己的手被人輕輕抓住。

「謝辭。」許呦平靜地喊出他的名字，鬆開五指，讓糖滾到他攤開的手心上。第一次心平氣和地跟他講話：「對不起了，能讓我過去嗎？」

很多年以後，有人問謝辭，當初許呦那種乖乖女是怎麼把你這種橫行霸道多年，浪天浪地的混蛋收服的。

老大思索了很久，慢悠悠地說：「可簡單了。」

還不夠簡單嗎？

一顆糖，一句話。

就足以讓他潰不成軍。

謝辭被她那麼看著，手裡被一顆糖硌著，心裡暗暗罵了一聲。

「謝辭？」她又喊了一句。

他被她這麼柔柔地一遍遍叫名字，終究抵擋不住，雙腿跨開，讓出走道的位置。

許呦心裡鬆了口氣。她沒多停留，把東西拿在懷裡，越過他準備去前面的座位。

經過他身邊的時候，她的手臂被拽住。許呦沒掙扎，停下腳步看他。

「一顆糖就想賄賂我？」

「許呦？」

謝辭的聲音低沉，微微笑著，像在反覆咀嚼這兩個字。

許呦不知道他在想什麼，就靜靜地聽他講。

這個人真奇怪，笑的時候像孩子，冷的時候像個謎。脾氣也陰晴不定，像一個擁有少女心的憂鬱老大。

「妳還要答應我一件事。」他已經恢復成往昔玩世不恭的樣子，閒淡地說。

她沒再拒絕，乖乖地說「好」。

§　§　§

少了謝辭的折騰，許呦的生活總算恢復平靜。

每天三點一線，食堂、教室、寢室，除了睡覺就是讀書，時間過得也快。

轉眼就到了一中秋季運動會，高一高二一起舉辦，每個班在看臺上劃分了自己的位置。

許呦那段時間生病，沒報名比賽，就閒下來無所事事。

早上是開幕式，下午才有比賽。

她睡完午覺，拿了一本散文書，帶著自己的水杯到操場邊的看臺上坐好。

運動會期間，晚上有文藝晚會。一中管得很鬆，很多學生會翻牆出去玩。

就比如現在。許呦坐的地方只有零零散散的幾個人，其他同學都不見蹤影。

九班學生有多混，一場運動會體現得一清二楚。

她伸出手擋住太陽光，眺望了操場一眼，跑道上已經有學生彎著腰，開始熱身。

被煦風吹著也很愜意，是她難得放鬆的時刻。

許呦收回目光，低下頭，一頁頁翻著手上的書，看得津津有味。

操場上的廣播響起，偶爾有鳴槍聲砰砰地響。

「許呦！小可愛！」

許呦正在看書，彷彿聽到有人在叫自己。她懵然地抬頭，付雪梨站在看臺底下。她已經換了身衣服，粉白色的小裙子，低跟的涼鞋，正戴著墨鏡對許呦招手。

「怎麼了？」許呦跑到欄杆那裡，雙手搭在上面和付雪梨講話。

付雪梨仰頭，手放在唇邊圍成喇叭狀，「妳先下來，下來了我再跟妳說。」

許呦還以為她有急事，點點頭就順著旁邊的樓梯跑下去。手裡拿著書，一個轉身。頭一抬，看到迎面走來一群人。

謝辭帶頭，懶洋洋地和身邊的人男生說著話，沒看這邊。他今天照樣沒穿校服，短短的黑髮有點凌亂。袖子鬆垮垮地捲起，外套拉鍊也不拉好。

裡面的男生個個都是吊兒郎當的模樣，往籃球場的方向走。

那一群浩浩蕩蕩的人經過，引起許呦身邊人群的低聲議論。

「這是高二的男生？」

「對啊，快看快看，那個穿藍白色外套的男生。」

「看到了，怎麼了？」

「就是我跟你說的謝辭啊，怎麼樣，很帥吧！」

「他就是年級老大？」

「不知道啊，說著玩玩的吧，不過應該認識很多人就是了……」

「長得挺好看的，比校草帥，就是聽說有點凶……」

許呦背貼著牆，看著謝辭走遠了，才往另一個方向跑去找付雪梨，「雪梨，怎麼了？」

付雪梨正在玩 iPad，看到許呦終於來了，她吐出一口氣，摘掉墨鏡。

「呦呦，拜託妳一件事。」付雪梨遞了個黑色手機給許呦，「過半個小時之後幫我拿給謝辭，他在籃球場。」

許呦出手去接，後知後覺地反應過來：「啊？拿給他……」

付雪梨嘆一口氣，拍拍她的肩膀，「我現在有點事，麻煩妳了。」

走之前，她又想到什麼似的，轉頭對留在原地的許呦喊：「明天穿好看一點，帶妳出去玩。」

許呦不太想去找那群人，但是好友拜託，她也不好拒絕。

儘管是運動會，籃球場的人氣一點也沒減。男生在場上揮灑汗水，球被拍得咚咚響，場下有一些女生圍著尖叫。

許呦有點近視，分不清那幾群打籃球的，走近了才能看清楚。

在這一群人裡，穿著藍白校服穿梭的她算是有點顯眼。

她正想著謝辭他們是不是沒打籃球，翻牆出去玩了，耳邊就有人喊她的名字。

是宋一帆。

他剛下場跑來許呦身邊，渾身汗水淋漓，擦了一把汗，笑嘻嘻地問：「來找阿辭？」

許呦看清來人，心裡暗暗鬆一口氣，點點頭把手機遞過去，「喔，對，我來給他東西，你能幫我拿給他嗎？」

哪知道宋一帆立馬擺擺手拒絕，毫不避諱地說：「別別別，妳要我給他這個，我的手會被折斷。」

他指向一個方向，對她說：「阿辭還在打球，妳先等等。」

男生打球，許呦向來不懂，就看著他們在場上兩邊跑，投球。好脾氣地等了一會兒，人群中起了喝彩，某個人投進三分球。

謝辭終於肯下場，三四個女生圍過去，給他送水遞毛巾。

他全都拒絕了，扯起籃球衣的下襬，隨意往臉上抹汗，走向籃球架，精瘦的腰線隨著動作起伏露出來。

許呦等人群稍微散了才走過去。

謝辭背靠在籃球架一邊，大大咧咧地坐在地上。喉結上下滑動，仰頭正在灌水，他眼角餘光看到許呦靠近。

許呦在離他有兩公尺的距離停下，安安靜靜地等他喝完水。

謝辭的眼睛直勾勾盯著許呦，在手裡捏扁喝完的水瓶，丟到一旁。

「你的東西。」許呦往前走了兩步，把手裡的東西遞過去。

謝辭上衣的兩邊袖子全部捲到肩胛骨以上，單手搭在屈起的膝蓋上，就這麼看她。

他坐，她站。這個姿勢不太好。

許呦猶豫了一會兒，蹲下身子，和他視線齊平，「給你。」

謝辭的臉上全是汗，睫毛也被打濕，沒了往常懶洋洋的樣子。

因為沒上課，她的頭髮隨意紮著，衣領處白皙的頸項上纏繞著一條細細的紅線。

汗水從緊繃的頸線流下，他眼睛裡有幽暗的光。

「許呦。」謝辭喊她名字，有點沙啞，接過她手裡的手機。

許呦「嗯」了一聲。

謝辭：「妳在勾引我。」

許呦極為平靜地看著他，「淫者見淫。」

謝辭被噎住。

「妳現在膽子挺大啊，還跟我頂嘴？」

他仰著下巴，故意痞痞地伸出食指點點許呦的肩膀，「許呦，妳怕不怕校霸揍妳？」

這個人肆無忌憚地坐在地上，渾身上下有種無賴強硬的氣質，又帶點童真。

想起之前付雪梨的準確評價：一般人想不出的「狂野」。

許呦差點笑出來。

§ § §

遠處，兩三個人聚在一起聊天。

一個人脖子上掛著短毛巾，手搭在宋一帆肩上小聲地問：「噯，那個穿校服的女生，辭哥女朋友？」

眾所周知，謝辭人特別混，傳說換女朋友像在扮家家酒。也許這次和他出去玩是那個女生，下次和他打球就又換成另一個陪著。所以這次大家看到新面孔，仍舊是見怪不怪，以為謝辭又換了個新的。

只是這次的，比以往的類型，嗯……看上去……

稍微素淨了一點。

宋一帆笑道：「什麼女朋友，追不追得上都還很難說呢。」

「就辭哥這個條件，還需要去追別人？」一個人訝異，不太信。

另一個人也贊同似的附和：「對啊，以前好像都是別人倒貼，倒是沒怎麼見過阿辭追女生。」

要怪只怪他們太年輕，宋一帆笑而不語，想起上個學期快結束的時候，他還和謝辭一起討論過追女生這種事。

當時他還和高三的女生在一起，謝辭是怎麼說來著。

——談戀愛嘛，談談就算了，誰還用心啊。

——跟女生有什麼好玩的。

還有女生跟他表白的時候，這個人就直接說：

——妳挺好的，但是我太帥了，妳配不上。

至於現在，有句話說得實在很好。

出來混總是要還的。

宋一帆問：「呿，你喜歡被人倒追？」

被問的人嗤笑了一聲。

宋一帆又說：「我看你歷任女朋友都是倒追你的，以為你有這種癖好。」

其實和謝辭談過戀愛的女生都會有一種感受：太累了。

他也算不上花心，就是從來不願意有任何付出。跟小孩似的，有種天生的冷漠感。

直到那個轉學生來了之後，宋一帆就覺得謝辭對她和其他女生有點不一樣。

根據他的觀察，謝辭通常很少主動出手調戲女生。在眾人面前，就算是和女朋友也只是偶爾互動，一般都是別人主動。

但是對許呦，謝辭真的是窮追猛打，每次不狠狠欺負人家就絕對不收手。可惜許呦的反射神經太長，並不能理解這其中的特殊。

男人都是這麼賤，對喜歡自己的總是不太有興趣，對不喜歡自己的就趕著倒貼。

還有人閒閒地站在一旁八卦討論。宋一帆過了一會兒才慢悠悠地道：「謝辭要是喜歡誰，還輪得到別人倒追他？」

話音剛落，籃球場內突然有女生失聲尖叫。

有人應聲看過去，一顆在半空中脫手的籃球，帶著迅疾的風聲砸向籃球架。

——籃球架那裡有兩個人！

許呦還沒反應過來，只看到謝辭一個加速動作，把她撲倒在地。

她被那股極大的力氣推倒，下意識地閉上眼，頭磕在地上，咚地一聲。

耳邊哐地一聲巨響。

心臟被嚇得急速跳動，一驚一跳。

她感覺到身上的人被砸到，一聲悶哼，撐在她耳邊的手臂一軟。

籃球砸在人的身上，又反彈回去，在地面上一下一下地彈跳。

過了兩三秒，被這場突發事故嚇傻的眾人才反應過來，紛紛圍上去大呼小叫。

許呦呆呆愣愣地，嚇得還沒完全回神。反應了一會兒，她慌忙抬頭，然後對上一雙眼睛。

謝辭低垂著頭，疼得呲牙咧嘴，撐在她耳旁的手臂輕輕發顫。

嘈雜的人聲和混亂的腳步聲中，有汗從他的下巴滴落。謝辭按住她的肩，偏過頭，趴在她耳邊輕聲說：「別怕。」

§ § §

當晚，許呦躺在寢室的那張小床上，眼睛看著天花板，翻來覆去睡不著。

下午的事情已經過去很久，可是現在想起來，心臟仍舊跳得很快。她滿腦子都是謝辭被一群人攙扶著走遠的背影，也不知道他有沒有怎麼樣。

寢室還沒熄燈，室友都上了床，在討論今天運動會的各種趣事，以及年級裡的各種大大小小八卦。

「噯，妳們認不認識曾麒麟？」一道細細的女生響起來，是陳小。

「曾麒麟？」廖月敏想了想，「好像知道，高三的吧？」

「對，校隊的。」陳小回答，帶著一點神祕的語氣說：「我們學校好像前幾天和二中的人槓上了，過幾天曾麒麟估計會找人去二中堵他們。」

「我的天，什麼事啊，我怎麼一點都不知道？」廖月敏驚訝的聲音響起。

李玲芳和許呦一樣，對這種話題興致缺缺，還不比小說來得有趣。所以寢室裡一時間只剩下兩個人在一問一答。

陳小分享著自己所知道的八卦：「我也不清楚具體的原因，反正我朋友就跟我說二中的人惹到曾麒麟他們了。」

「曾麒麟……很厲害嗎？」

陳小翻了個白眼，「妳說呢。」

「我好像沒什麼聽別人說過。」

「那是人家低調啊，他家裡有權有勢呢。」

許呦不知道她們在說什麼，左耳進右耳出，自己專心地發著呆。

八卦還在繼續，與此同時，許呦放在枕下的手機輕輕震了一下。

是一條訊息的提示音。

其實她平時不怎麼用手機，都是鎖在櫃子裡，偶爾拿出來和父母、小姨打電話。只不過今天運動會時答應了明天要和付雪梨出去玩，就拿出來方便聯繫。

她翻了個身，摸索到手機，拿到眼前。

涼涼的金屬殼貼在掌心，許呦按亮螢幕，瞇著眼睛適應突如其來的強光。

傳訊息的是一個陌生號碼，訊息內容只有一個句號。

許呦納悶了一會兒，她的手機號碼是來臨市以後才辦的，知道的也只有親人和付雪梨，以前的同學都來不及告知，所以這個陌生人會是誰？

正當她以為是誰誤傳，準備關手機的時候，又一條訊息過來，依舊是簡短的兩個字：

『睡了？』

是誰呢？

突然，許呦心裡有種預感，隱約猜測到他是誰。

彷彿和她心靈感應一般，陳小在旁邊說：「喔對了，謝辭妳總該知道吧，曾麒麟是他哥哥。」

謝辭……

許呦皺起眉，想問問他是不是謝辭，在發送資訊欄裡刪刪打打。還是忍住了，把手機收起來，又放回枕邊。

沒多久，又有叮叮叮的訊息提示音傳來。

第四次響起來的時候。許呦嘆了一口氣，抓過手機準備調成靜音。打開之後，她的手指還是一頓，不由自主地點開收件匣。

那個人很是執著，又傳來幾條：

『我說』

『妳很囂張啊』

『不理我』

『？』

連標點符號都要單發一條，電話費像不要錢似的。

許呦無奈地搖搖頭，斟酌著字句，回傳訊息給他：

『謝辭嗎？』

那邊幾乎是秒回。

『不然呢？』

許呦又半晌想不出話來回他，手機卻在持續震動：

『有沒有良心啊？』

看到這莫名的譴責，許呦摸不著頭腦。愣了一下，她回：

『我怎麼了嗎？』

謝辭一收到這條訊息，讀完這幾個字的瞬間就忍不住笑出來，甚至可以想到許呦發這條訊息時的表情有多麼認真，多麼正經，還有點小心翼翼。

他不禁忍俊，一手打字，拇指在鍵盤上飛：

『妳當然怎麼了。』

許呦靜靜地捏著手機，打開他的訊息來看，琢磨了一會兒，也沒琢磨出什麼來，只覺得兩人的對話太無聊了，一點營養和意義都沒有。她把手機收起來，準備睡覺。

那邊卻不依不饒，打了電話過來。

電話鈴聲一響起，宿舍人的話都止住，往許呦床上看。

「誰啊？阿拆，這麼晚打電話給妳。」陳小問。

許呦被這麼一問，開始心虛起來，也沒看電話號碼就想直接掛斷。誰知一個不小心按錯了，那邊立刻傳來一聲——

『喂？』

猶豫了兩三秒，許呦從床上坐起來，把手機放在睡衣口袋裡，摸索著爬下床。

「是我哥哥。」許呦硬著頭皮解釋，說完又乾巴巴地加了一句，「他應該晚自習剛結束，找我有點事。」

陳小聊八卦聊得正開心，也沒發現她表情不自然，點點頭，「喔喔，妳哥哥啊。」

許呦拉開陽臺上玻璃窗的門，一個側身鑽過去。

「喂？」她聲音小小的，被夜風一吹就散。

電話那頭的聲音有些戲謔：『打算跟我講什麼見不得人的事啊？還專門跑出來接電話。』

「那是因為不想吵到室友。」許呦忍不住反駁。

電話那頭的人大笑起來，『我調戲妳呢，我說妳怎麼這麼認真。』

深夜的校園裡，樹旁有暈黃的路燈。蟲鳴蟬叫，漫天的星光，遠處有不知名的混合花香隱約飄來。

許呦盯著某一點發呆。她本來就話少，謝辭不說話，她更不知道說什麼。於是那邊一安靜，她便不發一語。

好一會兒，『呿。』他在喉嚨裡低低哼笑了兩聲，突然說，『噯，喊兩句哥哥來聽？』

許呦知道他剛剛肯定聽見了，是故意說的。臉不由得一紅，尷尬極了，急急地道：「謝辭你是不是腦子有點問題，到處認妹妹！」

『我哪有？』謝辭語氣有點意外，『認我當哥哥的很多，我還真沒主動認過妹妹。』

「那你怎麼這麼喜歡跟我開這種玩笑？」她質問道。

『沒啊。』他說，『誰跟妳開玩笑了，我認真的，想聽妳喊我哥哥。』

「你──」許呦皺著眉想說什麼，又不知道怎麼說。想了半天，還是決定不再理會這件事。

她雖然遲鈍，但也不傻。這麼說著說著，話題明顯開始曖昧起來，於是只能岔開話題。許呦握緊手機，垂下眼睛問：「你沒事吧？下午被籃球砸到。」

謝辭答：『怎麼沒事？可疼了，哪知道妳這麼沒良心。』

他被其他人扶起來以後，一抬頭，許呦就不知道去哪裡了，讓他氣到不行。

謝辭感覺出許呦的內疚，更加得寸進尺，『妳自己說，怎麼賠償我。』

終於說回正事。

「我買藥給你吧。」許呦真心實意地道。她剛剛憋了很久，都沒機會說出口，畢竟謝辭是為了給她擋球才被砸傷的。

『我還缺妳這點錢？』

許呦默然不語，看他平時的樣子，的確不缺錢。

「這不是錢不錢的事情，這是心意，謝謝你下午……」許呦失神了一會兒才繼續說，「下午，幫我擋球。」

『心意？』

過了片刻，謝辭似乎毫不在意，漫不經心地說：『那妳把妳抵給我吧，我什麼都不缺，好像就缺個女朋友。』

第六章

我們倆沒什麼關係。

運動會一共是兩天半。第一天晚上有文藝晚會，第二天晚上放假，學校讓學生自由活動。

到了第二天，剩下的比賽不算多，都是跳高和鉛球這種不太重要的項目。反正班導師都睜一隻眼閉一隻眼，班上同學當然更加肆意，把運動會過得像假日。

付雪梨為了帶許呦出去玩，特地弄來了一張假單。她知道像許呦這種乖到不行的好學生，一定不同意白天翹出去和她瘋。沒辦法，只好去求許星純求了半天，他是學生會主席，手裡有大把學校的請假單，付雪梨費盡心思才終於讓他鬆口。

天公作美，今天天氣特別好。

付雪梨來學校接許呦，邊低頭玩手機，邊坐在校門口的涼亭裡等著。

她在電話裡跟許呦好說歹說，軟磨硬泡了半天，許呦才同意中午吃完飯就去玩。又等了將近十幾分鐘，許呦揹著包包，終於姍姍來遲。

她氣喘吁吁地跑上前，拍拍付雪梨的肩膀，手搭在上面微喘：「不好意思，雪梨，我中途去買了點東西。」

付雪梨抬頭看她，眼睛一亮。

「妳總算聽話，沒穿校服跟我出去玩了。」她把手機收起來，退後兩步，滿意地上下打量好友。

今天許呦的穿著打扮其實沒有多特別，仍舊是普普通通的圓領過膝白裙，一雙白色球鞋。只不過除了開學那天，她一直穿的都是校服，如今換上別的衣服，感覺就像變了個人。

付雪梨點點頭，接著又搖搖頭，不知道第幾次感嘆：「我的天啊，許呦，妳簡直白到不行。」

她小腿和手臂露出的肌膚白如霜雪，也不知道從小是吃什麼長大的，皮膚能這麼好。

「我媽媽說我小時候更白，她起來上廁所都不用開燈，直接把我舉起來就能照亮。」

「哈哈哈哈！真的嗎？」

「嗯。」

許呦被付雪梨直勾勾的目光看得不好意思，微紅了臉頰。她低頭，跟著付雪梨走，把剛剛買的東西裝進包裡。

這時，旁邊突然響起來一聲調侃：「大梨子，妳是要去哪裡玩啊？」

兩人同時回頭，四班的一群人站在馬路旁，和她們一樣在等紅綠燈。其中一個人看到許呦，更開心了，「喲，這不是妳們班學霸嗎？怎麼也被妳拐出來了？」

付雪梨看是熟人，隨口打了聲招呼，攬住許呦的肩膀，「帶她去玩啊，你們班這麼多人，辦班聚嗎？」

四班和九班差不多，裡面的學生大多數都比較混，算是難兄難弟的班級，平時關係不錯。

那邊帶頭的人笑著說：「妳和妳朋友要不要跟我們一起去玩？」

付雪梨拒絕了，走過紅綠燈就拉著許呦往另一個方向走。

「我們去哪裡啊？」許呦剛來這裡，覺得什麼都新鮮，走在路上東看西看。

「先去吃飯，吃完飯洗個頭髮，我帶妳去電玩中心。」付雪梨回答她，用手機查路線，隨便在路邊攔了輛計程車。

一上車，她報了個名字。司機答應一聲，只用了十幾分鐘，熟門熟路地把車開到目的地。

中午吃飯的地方在一家西餐廳。許呦吃不了辣，只能吃點清淡的。

中途付雪梨強行餵了一塊沾了辣醬的肉給她，許呦嚼了兩口就受不了，被嗆得咳嗽，捧起旁邊的杯子往嘴裡灌水。

在對面坐著的付雪梨很詫異，急忙起身拍拍她的背，「小可愛妳還好吧？這點辣就不行了？」

許呦又咳了兩聲，擺擺手：「沒事沒事，我就是很少吃辣，剛剛嗆著了。」

吃著飯，兩人隨便聊天。

最近宋一帆交了一個外校的女朋友，比他大幾歲。付雪梨把他的事當成八卦，跟許呦說著玩。

「宋黑皮一直都喜歡比自己大的，以前國中還追過學姊……」

看許呦聽得發呆，付雪梨神祕地笑了笑，壓低聲音說：「對了，我悄悄告訴妳一件謝辭的糗事。」

兩人吃完從店裡出來，沾了一身的煙火氣味。

街上倒是空氣清新，還不到熱的時候。走了兩步，付雪梨攬住許呦肩膀，低下頭湊到她髮間聞了聞，又抬起臉正經道：「呦呦，妳的頭髮也染上味道了，我們一起去洗頭吧？」

許呦本想推辭，可是味道實在有點重，猶豫之下就同意了。

兩個人跑去附近的一家理髮店，付雪梨先洗完，坐在外面吹頭髮。

許呦洗完出來，看到付雪梨不知道和誰在講電話。

後面有個小哥扶住許呦肩膀，把她頭上的毛巾拆了，在鏡子裡與她對視：「小女孩，想吹什麼造型？」

付雪梨中途往這邊瞥了一眼，替許呦做決定：「幫她吹個大波浪。」

說完她又繼續講電話，翹著二郎腿，眼睛盯著自己的鞋子看，「嗯，幾個人。」

「那麼多？去哪裡？」

「對啊，我們在外面。」

「在我旁邊吹頭髮。」

「是嗎，幾點啊？」

「嗯，是上次去的那個嗎？我問問她，等等傳訊息給你。」

許呦耳邊是吹風機的轟鳴聲，強風吹得眼前髮絲紛擾。她眼睛都快睜不開，勉強睜開了，也沒讓別人幫她吹什麼造型，直接說：「幫我吹乾就行了，不用做造型。」

那個理髮小哥手指捧起許呦的黑髮晃蕩，邊吹邊和她閒聊：「妳的頭髮沒燙也沒染過吧？」

許呦「嗯」了一聲。

小哥點點頭：「髮質挺好的，就是有點軟。」

付雪梨把手機收到包裡，轉頭對許呦喊：「呦呦，我們計畫有變啊。」

吹風機聲音太吵，她的聲音斷斷續續，許呦聽不清楚，「我聽不到，等等再跟我說。」

理髮小哥算是把服務做到位了，沒有違背許呦的意願，把她頭髮吹成大波浪，但是把那頭柔順的黑髮用捲髮棒燙了小波浪。她是偏圓臉的鵝蛋臉，有點嬰兒肥，嘴唇紅嘟嘟的。配上這個髮型，透著別樣的清純可愛。

付雪梨蹭過來，問了她一個莫名其妙的問題：「小可愛，妳裙子底下有穿安全褲嗎？」

「……」

「有穿嗎？沒有的話，現在我跟妳去買一條。」她又追加一句。

「不用不用，我穿了。」許呦打斷她，小聲地說：「妳問這個幹什麼啊？」

兩人無聲地對視許久，付雪梨糾結著措辭，怎麼說能讓許呦同意。

她有點躊躇，試探性地對許呦說：「我們去溜冰好不好？」

§　§　§

溜冰場在正大廣場二樓。

付雪梨一路都在和許呦解釋：「就是那種很正規的溜冰場，不是妳想像中的那種燈紅酒綠的場所。」

許呦沒吭聲。

「而且妳看，我們班的人幾乎都去了，妳怕什麼？」

付雪梨安撫她的心，挽著她手臂說：「平時我們學校也有很多人去這個溜冰場，別擔心啦。」

這次不知道是誰籌備的活動，九班和四班說是聯誼，找個位置一起去玩。大家都是年輕人又愛鬧，於是兩方人馬一拍即合，把運動會硬生生變成了一場聚會。

溜冰場門口站著兩個穿黑金背心的服務生，看到付雪梨她們過來，兩個服務生拉開玻璃門，齊聲喊了一句：「歡迎光臨。」

許呦沒來過這種地方，緊跟著付雪梨，拉了拉她的衣袖問：「我們要不要去買票啊？」

「不用啊。」付雪梨明顯來過很多次，輕車熟路地轉了兩個彎。

越往裡面走，音樂聲和人群的歡鬧聲越大。

她從一個藍色的箱子裡取出兩張卡，對身後的許呦說：「這個地方是謝辭哥哥開的，今天他免費請我們玩。」

看許呦不動，付雪梨對她眨眨眼睛逗她，「聽到謝辭就露出這副表情。」

「啊？」許呦立即說，「不是。」

她就是聽到這個名字就渾身不自在，可是事到臨頭她也不能走人，不然多掃興啊。

等她們到溜冰場的時候，裡面有許多人已經開始玩了。許呦沒來多久，也分不清誰是誰。目光掠過人群，也只能看到一兩個稍微眼熟的。

付雪梨推開高度齊腰的一扇門，和許呦一前一後進去。

換冰刀鞋的地方在旁邊，工作人員已經在每個位置上提前放好各種尺寸的鞋。

「妳的腳多大？」付雪梨蹲下身子認真挑選，問身後的人。

許呦低頭看著自己的腳，想了想，「好像是三十五號。」

「這麼小！」

付雪梨有點詫異，隨即上下打量許呦的個子，反應過來點點頭，「和妳身高很配。」

許呦沒聽過場上放的音樂，不過節奏感很強。正中央的幾顆燈球打著閃光，晃得眼睛疼。

許呦坐在長椅上換鞋，使勁穿進去後，她仔細把鞋帶綁好，生怕等等滑到一半鞋子掉了。

「好了沒？」付雪梨已經換上溜冰鞋，嫺熟地滑過來，停在她身邊。

許呦點點頭，撐著座椅，慢慢站起來。這副小心翼翼的樣子一看就知道沒來滑過。

付雪梨覺得她可愛，忍不住笑了。她很有耐心地攙著許呦滑了幾步，說：「來來，我先教妳，妳邁出腳來。」

「不不不，別別別，妳先別管我，自己去玩。」

在許呦的再三拒絕下，付雪梨終於沒守著她，被另外一個人拉去玩接龍。

許呦一個人扶著護欄，慢慢移動身體。其實她平衡感很差，玩這種東西老是摔倒，所以習慣性恐懼。

周圍的人都玩嗨了，人群一堆堆的，不時有男生的嬉鬧和女生的尖叫聲傳來。

許呦靠著邊緣慢慢滑，完全不敢靠近他們。她就怕誰突然失控衝出來，連帶撞倒了她。

剛洗完的頭髮沒紮起來，此時有些凌亂地垂落至她的肩膀、胸前。許呦雙手緊緊抓著欄杆，不停深呼吸，緊張得小腿都在抖。

在角落裡摸索半天，許呦總算找到一點小竅門。

她稍微鬆開手，往前滑了兩步，僅僅一兩秒，雙手又抓回欄杆上。這樣自己自娛自樂玩了一會兒，許呦聽到有人輕笑出聲，在她身後的方向。

她猛地回頭。

謝辭靠坐在扶欄上，雙手懶洋洋地抱在胸前，不知道跟了她多久。他眉骨微抬，在偏暗的環境裡看不清表情，但是臉上有隱隱約約的笑意。

這麼毫無預兆地和謝辭面對面，許呦一時半刻不知道該怎麼反應，腦子裡一片混亂。

他昨天晚上剛對她說完那種話，她就直接掛了電話。現在就這麼遇見，也……太尷尬了……

謝辭才有起身的動作，許呦就大叫一聲，「等等，你別過來。」

吼叫完之後，她意識到自己反應太激烈，又結結巴巴地解釋：「就、就是，我要一個人滑，我不太會，你別撞到我……」

謝辭揚起一點唇角，他偏不，兩三步就滑到許呦眼前。

她雙手死死握著欄杆，不自覺地睜圓雙眼，心裡有種想把鞋脫了逃跑的衝動。

「別慌啊，免費教妳溜冰。」他偏頭似乎在思考，打量著面前的她。

穿著白色的過膝裙，頭髮軟軟地披下來，因為著急，眼裡有亮亮的水光，不知道是急的還是氣的。

兩人貼得很緊，許呦心跳莫名一陣慌亂，後退一步。

謝辭感覺到她退縮的動作，不由分說地攬過她的細腰，仗著力氣大，直接把許呦半抱半拽，弄離休息區。

「啊啊啊啊，神經病，你放開我，放開我，謝辭！」

許呦弓著腰掙扎，又怕滑倒，不敢太用力。她像個小孩一樣耍賴，「不行不行，我怕！我怕！謝辭我怕啊！」

她被動地被人拖著走，背上汗都急出來了，手心也是。像被撫到逆毛的貓咪，毫無章法地扭動。

離開了欄杆，謝辭成為許呦唯一能支撐身體的東西。

她不得不牢牢地抓住他，導致身體接觸太親密。許呦低垂著頭，因為害羞，耳朵都快燒起來了。

謝辭俯身，湊近她耳邊，「妳抓小力一點啊，昨天手臂那裡還疼呢。」

許呦信以為真，慌張地抬頭，反射性想鬆手，她「啊」了一聲，「真的還疼嗎？」

不遠處有人對這邊吹口哨，明顯發現了他們這落單的一對。

「你放開我，有人在看。」許呦胡亂拍打他的手，好似生怕被其他人誤會，想快點離開他。

「看就看唄。」謝辭黑色碎髮落在眼前，黑漆漆的瞳仁探尋著她的眼睛，「妳打得我很痛啊，怎麼辦？」

「我有藥。」

「不要。」

「那你要什麼？」

「妳說呢？」謝辭一副理所當然的表情，「當我的——」

不停閃爍的光線下，他聽到許呦冷靜且堅定的聲音：「除了當你女朋友，其他的都可以。」

安靜片刻，他低垂下眼，用一種吊兒郎當的聲音，輕佻又隱忍地問：「親妳也行？」

許呦身體輕微顫抖。她抬起手臂，出其不意地使力，推開謝辭，歪歪斜斜地往前面滑去。

沒滑幾步，全場燈光忽然全部暗下來，音樂忽然靜止，場上的人群爆出興奮的尖叫。

她感覺自己從背後被人伸手摟住。那個人收緊手臂，圈住許呦的腰，胸膛緊貼著她的後背。

許呦走神片刻，才想掙扎就聽到一聲低啞的呢喃：「喂，妳身上好像有股奶味。」

只有幾秒鐘的時間，周圍的空氣彷彿凝滯。

溜冰場上男男女女擁擠成堆，有嬉笑有尖叫聲，眾人興奮地一起高聲倒數。

曾麒麟手撐著扶欄，目光掠過在不遠處糾纏在一起的兩個人，隨口問旁邊的人：「阿辭又有新女友了？」

一個男生說：「你自己弟弟，你不清楚嗎？」

「哼，我哪有時間管這個，他就是一天到晚閒得發慌。」

「不過阿辭比你厲害，挺受小女孩喜歡。」

「長得帥嘛，和他爸一樣。」

陳晶倚不吭聲，似乎很不開心。曾麒麟轉頭望向前方，突然挑眉，「喲」了一聲，「他們那裡在打架呢？」

謝辭坐在地上，痛得蹙起眉，揉自己肩膀。

許呦剛剛也不知道哪來那麼大的力氣，被謝辭死纏著不放，她情急之下一側身，對準他的手臂一口咬下去。在身後那人吃痛的一瞬間，她幾乎是使出全身力氣，迅速把他推開。

冰上不比路面，平衡沒那麼好掌握。謝辭猝不及防，那麼高的個子一下被她掀翻在地，人都有點懵了。

「神經病！」

推開他之後許呦罵了一句，立即抬起手背，使勁蹭自己臉頰，一下又一下。

「不是，我說，」謝辭低頭翻起衣袖，看著那一道深重整齊的牙印，忍不住嚷嚷：「我靠，妳咬我倒是挺不留情的啊，許呦？」

許呦瞪他一眼，壯著膽說：「是你活該，你先咬我的。」

她氣不過想走人，奈何人被帶到場地中央，不會溜冰又邁不開步伐，焦急之下心裡滿是絕望，小腿肚都在發抖。

謝辭倒是不慌不忙。他就這麼大大咧咧地坐在地上，單手撐在身後，自下而上地仰望著她，玩味地道：「我咬妳哪裡啊？」

許呦不想搭理他。她咬緊牙不出聲，蹲下身子，開始解溜冰鞋的鞋帶。腳底板貼到冰面時，一股涼氣直竄到身上，凍得許呦瞬間打了個顫。

她穿著印有小兔子的短棉襪，忍不住在原地跺跺腳，四處張望換鞋子的地方。

「您這是幹嘛呢，不怕髒？」謝辭盯著她的襪子看了一會兒，懶洋洋地從地上起來。

本來謝辭就比她高不少，還穿了一雙冰刀鞋。兩個人面對面，高度差就像大巨人和小矮子。

燈光太暗，許呦有點看不清路，大致分辨了一個方向，就想拎著手裡的鞋子走。

謝辭擋住她的路，「腳不冷？」

許呦不吭一聲地繞開他，低著頭一副沒聽到的模樣，依舊在冰面上走。

被人故意無視了，謝辭也不氣，哼笑一聲，從後面追上去，滑了幾步停在她前面。

許呦經過謝辭身邊的時候被猛地一扯。他伸出手臂，微微彎腰，輕輕鬆鬆把許呦打橫抱到半空中。

？？？！！！

許呦忽然整個人騰空，反射性地摟住他脖子。反應過來時，謝辭一張臉近在咫尺，呼吸可聞。

許呦提在手裡的兩隻鞋應聲而落，她被人在大庭廣眾之下橫抱起來，一點心理準備都沒有。

第一反應是震驚，震驚完了整個人羞憤不已。

「你、你快點放開我！」許呦雙腿在空中亂蹬，不停撲騰，手掐謝辭的手臂。她個子小，人也輕，這點動靜就像在撓癢。

「別動，再動我抱不穩，會把妳摔下去喔。」他半開玩笑似的威脅。

謝辭微低頭嗅她身上的味道，驀地笑了聲：「我就說妳身上有奶味，是不是天天在家偷喝奶粉？」

他的手臂穿過她的膝後窩，另一隻手抱在她的腰際。這種感覺，就像許呦整個人窩在他懷裡一樣。

白色的裙角垂在他手臂邊，隨風晃蕩。

他們鬧出的這點動靜，有些眼尖的人早已發現。

謝辭抱著許呦，慢悠悠地穿過大半個溜冰場。對於周圍投來的眼光，心裡暗暗得意。

一路過去都是口哨和哄笑聲。這次雖然是九班和四班的班級聯誼，其實也有一些其他班的人過來，但是來的人基本上都認識謝辭，應該說，這個學校沒有人不認識他。

畢竟都是高中生，正是青春躁動的年紀，看到這一幕大家都心知肚明，相視一笑便你懂我懂。

人群裡有人偷偷摸出手機在拍，一個人問：「這不是你們九班那個大帥哥嗎？」

「是啊。」九班一位同學直搖頭感嘆，「還以為他從來不跟班上女生談戀愛，沒想到跟……」

「這女生是你們班上的？」

「對啊，才轉來沒多久。」

有其他班一個女生酸溜溜地說：「挺爽啊，一轉來就被謝辭看上了。」

「……」

休息區。

§ § §

付雪梨坐在許星純身旁喝果汁，有一搭沒一搭地和他聊天。眼角餘光忽然瞥到這一幕，驚得她立刻站了起來，三步併兩步地跑上前，睜圓了眼睛：「我靠，你們兩個演偶像劇嗎？」

看到熟人，許呦「啊」了一聲，恨不得把臉埋到地底下去。

「已經到了，你快點放我下來。」她不敢直視付雪梨，低著頭小聲著急，不停催促著。

謝辭一副坦蕩蕩的樣子，不緊不慢地「嘖」了一聲，對付雪梨說：「幫她把鞋拿來。」

等許呦雙腳終於落地，蹲在地上穿好鞋子，抬起頭時發現謝辭已經走了。

付雪梨在一旁看她，「他有事，被別人叫走了。」頓了兩秒，她忍不住把許呦拉到一邊，目光落在她白皙透紅的臉頰上，低聲詢問：「妳跟謝辭……」

話沒說完，許呦的頭已經搖得像撥浪鼓，「我們倆沒什麼關係。」

她這麼說，付雪梨也不好再問什麼。

溜冰場旁邊是KTV和餐廳，標準一條龍服務。本來這次就是臨時的班級聚會，大家懶得再去訂位，就決定直接在這裡吃晚飯，反正也是免費的。

這種聚餐無非就是吃吃喝喝、玩玩樂樂，許呦折騰了一天，精神都疲累了，不想繼續。她去上了個廁所，出來把東西收拾好，準備和付雪梨打個招呼就走。只是找了半天都找不到人，她就在那裡亂晃。

來玩的人很多，男生女生都有，但是大多她都不認識。正踮腳四處張望時，後面有個人拍拍她的肩膀。許呦回頭，是一個不認識的女生。她笑嘻嘻的，手指著前面偏右一點的方向，「喏，妳朋友在那裡。」

許呦順著她指的方向看去，那是大廳門口的一圈小沙發，上面坐著一群陌生男生，吞雲吐霧地聊著天。

謝辭也在裡面，他沒抽菸，穿著短袖，腿懶洋洋地架在茶几上，支著頭和身邊的人講話。

許呦收回視線，往另一個方向走。

場地太過熱鬧，到哪裡都能聽見震耳欲聾的音樂聲。人群也是一群群的，聚在一起聊天歡笑，許呦實在找不到付雪梨。

她怕回學校的時候太晚，只能摸出手機傳訊息給付雪梨，告訴她自己先走了。

許呦基本上不來這種地方，加上裝修太過花哨，彎彎繞繞的走道鋪著地毯，兩旁全是鏡子和吊燈，一點區別也沒有。

她從大廳出來就不知道怎麼走了，好不容易找到電梯口準備下去，不小心又到了地下停車場。她本想著也不遠，就這麼順著路走出去就行了。誰知道地下停車場那麼大，像個迷宮一樣。

許呦努力看標誌，B1、B2、C1……

停車場的燈亮得慘白，就像鬼片裡常發生事情的場地。四周空蕩蕩，似乎一個人也沒有，過了許久都像是只有自己的腳步聲。

許呦有點怕了，不敢再亂轉，正好包包裡的手機嗡嗡震動起來——是付雪梨。

她立馬接通，那邊聲音很嘈雜。付雪梨『喂』了一聲，聲音斷斷續續傳來：『呦呦，妳到哪裡了？怎麼自己先走了，我送妳啊，妳又不知道路。』

「我好像有點迷路了。」

『妳在哪裡？我去接妳。』

許呦四處張望，實在找不到什麼比較顯眼的標誌，只能氣餒地道：「在地下停車場，C——」

話還沒說完，電話就掛了。

許呦把手機從耳邊拿下來看，訊號太差，顯示收不到訊號。

她又往前走了幾步，低頭操控著手機。突然聞到一點點菸味，隱約聽到有人在聊天。

許呦第一反應就是有人。她抬頭四處看，在不遠處的角落看到三個男人，其中一個人的頭髮染成一頭金髮。

幾乎在她看到對方的同時，他們也發現了她。

許呦心裡一緊，捏著手機，想裝作沒看到，低著頭往旁邊走。

沒走兩步，後面就傳來兩聲流裡流氣的口哨，那三人跟了上來。其中一人對另一個使了眼色，快步上前擋住許呦的去路，「妹妹，怎麼一個人啊？」

擋住路的就是那個金髮男人，一張猥瑣的臉，笑容別有深意，露出滿口黃牙。

許呦的後背瞬間爬滿了汗，腦子一片空白，捏緊手機不知道該怎麼辦。

她腦海裡瞬間浮現起很多以前只在電視裡看過的情節，雞皮疙瘩順著手臂蔓延。

不一會兒，後面的人也緊跟過來。一雙粗糙的手像摸上了她的腰，一股渾濁的氣息撲在耳邊。

許呦嚇得大叫起來，不停掙扎，想跑遠。可她腿一軟，沒跑幾步就一下蹲到地上抱住膝蓋，眼眶忍不住紅了。

那兩人咧開嘴笑了，摸著下巴，色瞇瞇地打量面前的女生。

「哎喲，別哭啊，叔叔看到多心疼。」他們一步步逼近。

「等等有人來怎麼辦？」金髮男和身邊的人商量。

「把她拖到前面，那有個小倉庫，那裡沒人。」

幾人商量完就猴急地上前，用很大的力氣去拽許呦手臂，扯她衣服。

身上被幾隻手不停亂摸，許呦這次是真的怕了，眼淚從眼眶湧出，雙手緊緊捂住胸口低下頭，慌得口齒不清，「你們別碰我，我、我包裡有錢。」

不知不覺間，她哭得快斷了氣，感覺世界都暈暈地在轉，頭皮被揪著發疼，耳邊突然響起來一道怒不可遏的吼叫。

「許呦！」

隨即許呦感覺身上的力量驟然減輕，那三個男人感覺不對勁，停止手上的動作，同時抬頭看去。

金髮男一轉頭，只看到一個人飛快地衝向這邊。還來不及反應，來人抬起腳狠狠踹在他肚子上，像錘子一樣重擊，他猝不及防地跌倒在地，捂著胃呻吟。

許呦手撐在地上，邊抽泣邊看去，淚眼濛濛的，只能恍惚地看到人影。

——是謝辭！

另一個男人很快就反應過來，撲上去和他扭打在一起。謝辭從小打到大，打架出了名的狠，加上現在不要命的那股氣勢，男人很快落敗下風，被他按在地上狠狠地往臉上揮拳。

他就像一頭狂怒暴躁的小獅子，被人完全激怒了，瘋狂起來讓人害怕。

許呦劫後餘生，呼吸都沒緩下，眼淚止不住地流。看到地上躺著的那個人臉上有血，她都嚇傻了，連滾帶爬地過去，「謝辭、謝辭、謝辭，別打了，要出人命了……」

謝辭聽到許呦的哭聲，頓了頓手裡的動作，轉過頭去看，許呦跪坐在不遠處的地上，一隻手還拽著他衣角，凌亂的黑髮黏在臉旁，往昔白淨的的臉上此刻已經淚痕斑駁。

她抽噎得上氣不接下氣，謝辭忍了一下，走上去，深呼吸幾下找回理智，然後蹲到許呦面前，喑啞著聲音也說不出話來。

他渾身上下沾著一道道未乾涸的血痕，眼裡的殺氣因為剛剛的衝突還未消退。

許呦恍恍惚惚，精神和內心已經處於崩潰的邊緣。她驚魂未定，一下子撲到謝辭懷裡，頭抵著他的肩膀，哽咽道：「你沒事吧，謝辭？你沒事吧？」

謝辭沉默兩三秒，抬起單手按住她的後腦勺，僵著聲音安慰：「……別怕。」

他自己也沒發覺，自己的聲音在顫抖。

從小到大，那個天不怕地不怕，沒心也沒肺的大魔王，第一次體會到為一個女孩發酸發澀的感覺。心臟像被浸泡在極酸的檸檬水裡，一動就疼。

「——啊！小心！」許呦瞳孔放大，猛地把謝辭往旁邊一推，靠著本能抬起手臂擋住迎面而來的鐵棍。

一聲鈍響，她被打倒在地，頭不知道磕到了哪裡。許呦來不及反應，眼前一片模糊，感覺手臂一片震擊，連痛覺也變得有些麻木。

「……許呦……」謝辭像是才反應過來，一下反撲跪到她身邊，聲音發顫，「妳傷到哪裡了？」

剛剛偷襲的金髮男手裡拎著一根如嬰兒臂膀粗的鐵棍，慢慢靠近他們。他看著面前的兩個人，眼神陰鷙，嘴角一抹令人膽寒的笑容，「小朋友，以為在演英雄救美偶像劇呢？」

不遠處被打倒的同夥也吐了一口血痰，他嘶了一聲，看著這邊的情況，像是終於反應過來，破口大罵時眼睛布滿血絲，慢慢爬起來。

謝辭就算再能打，兩個成年男人終究手裡拿著武器，何況身邊還有一個受傷的人。

理智上不能硬碰硬，可是看到許呦躺在地上，讓他感覺腦子都快炸開，氣得幾乎不能呼吸。幾乎是咬牙切齒地，從牙齒縫擠出來幾個字，「給、我、等、著！」

「就你這麼嫩，還讓我等著？」

金髮男身旁的男人似乎認識謝辭，湊過來和他不知道在說什麼。兩個人低聲交談著，時不時打量著他們。

緩了一會兒，等那陣痛過去，許呦一隻手撐著地，一隻手搭上謝辭的手臂，借著他的力慢慢站起來。

抹掉眼淚，手臂那塊仍舊火辣辣地痛著，不過也顧不上了。她轉了轉手腕，滑下去，慢慢握緊謝辭的手，拉著他一步步後退。

大概過了三秒，許呦眼睛一亮，突然對著一個方向喊，「我們在這裡！」

聽到她的話，謝辭呆滯了一瞬，而金髮男根本沒多想，頭反射性地一轉。

就是現在！許呦立即一把扯過謝辭，大喊了一聲，「跑！」

等那幾個人反應過來，只剩下兩個狂奔的背影。金髮男惱火地大叫一聲，拔腿追上去。

速度太快，耳邊是不斷呼嘯而過的風聲，光和影不斷後退，後面的人窮追不捨。許呦精疲力盡地咬緊牙，幾乎是拚盡全力往前衝，人類在恐懼和生存面前，總是能激發巨大的潛能。

很多年後，謝辭都記得這個刺激又驚險的下午。

在那個停車場，劇烈的風迎面從皮膚上刮過，耳膜鼓鼓作響。他被許呦緊緊拉著，視線緊緊追隨著她白色的裙角，披散的黑髮在陽光下飛舞，是讓他貪戀一輩子的美麗。

沒過多久，曾麒麟就帶著一群人到了。謝辭背靠著一輛車，正低頭蹲在地上和一個女生講話。

他嘴裡嚼著口香糖，一看到這副場景，眉頭一挑，看向自己弟弟。

曾麒麟踢開地上零零碎碎的東西，走過去，沒顧忌地問：「怎麼回事，欺負小女孩？」

不怪曾麒麟多想，只是許呦坐在地上，難掩滿面淚痕，一身狼狽。

謝辭抬頭，看到是他，第一句就是：「你又在放什麼屁？」

曾麒麟被氣笑，下巴抬了抬，「你們沒事吧？」

謝辭皺著眉，「拿件外套來。」

他們兩兄弟在講話，剩下的人互相對視兩眼，手裡拿著傢伙，不知道要幹什麼。

謝辭把外套披到許呦身上，攬過她的肩準備走人。走出兩步，他想起什麼似的，對著在不遠處打電話的人喊，「哥，給我把車鑰匙。」

許呦現在整個人還是沒緩過來，剛剛那麼驚心動魄，導致她現在仍舊處於半虛脫的狀態，乖乖任人牽著。她的手指又涼又軟，被他握在手心裡。

謝辭把車開出地下停車場，外面天已經有點黑了，街邊的路燈一盞盞亮起。

他時不時從後照鏡看許呦，她低著頭看不清表情，整個人不發一語，身上披著寬大的外套，又瘦又小。

車轉個彎，開上馬路，漸漸加速。

「想去哪裡？」謝辭按下車窗，讓夜風吹進來，轉頭問許呦。

沒等她回答，他又自顧自地說起來，「妳剛剛好帥啊，居然真敢跑，哈哈哈哈哈哈。」

她半天沒反應。

「許呦？」他喊她名字。

謝辭單手打方向盤，把車停到路邊。車熄火後，他傾身過去，手抬起許呦的下巴，「喂？」

她一抬頭，眼裡全是淚水，不停地掉。

「我、我……」許呦說了兩個字，又哽咽了，抬起手背抹掉不停落下的淚，「對不起。」

她越這樣，越讓人心疼。

謝辭心一揪，使勁蹙著眉，從面紙盒裡連抽幾張紙，胡亂塞到她手裡，不知所措地道：「妳、嘖，別哭了啊。」

她一哭，他也不知道該怎麼辦，急得手忙腳亂。

「好。」許呦答應，卻依舊管不住淚水。

她垂在身側的手緊緊握住，搖搖頭動了動唇，努力說：「你……送我回學校吧，謝謝……」

她這副樣子，不曉得多讓人心疼，真是心坎疼。

謝辭暗罵了一句，他頭一次對一個哭著的女生毫無辦法。

不是不耐煩那種，就是心裡壓抑著又很酸，人很焦躁，卻又不知道怎麼辦。

窗外的夜風帶著一點涼意，吹進來。

「噯，求妳了小姑奶奶，別哭了行不行？」

謝辭手撐到許呦座椅上，頭低下湊過去看她表情，「要不然我帶妳去玩？」

「我想回學校。」

「妳這樣子怎麼回學校啊？」

謝辭盯著她的側臉，稍稍抬眉，「要不然我現在帶妳回去找——」

話音未落，許呦手裡捏緊的手機又響起來。

她低垂著目光，看了一眼來電顯示。

半晌，許呦吸了吸鼻子，咳嗽幾聲，醞釀好聲音，假裝若無其事地接通，她低低地喂了一聲。

付雪梨聲音很焦急，連忙問：『許呦妳怎麼老不接電話，出什麼事了嗎？』

她那邊背景聲響很雜亂，很多人的講話聲混在一起。

「沒事啊……我……」許呦說完兩個字，又要哽咽。

旁邊的謝辭一把拿過她的手機，放在自己耳邊，「許呦跟我在一起，別操心了。」

『你們現在在哪裡？我剛剛打你電話，你怎麼不接！我都快急死了。』付雪梨在電話裡好一頓劈哩啪啦。

她剛剛本來想自己去找許呦，奈何停車場的位置她也不是很熟悉，就找謝辭去把許呦接回來。結果他一去就是半天，許呦不見人影，電話也打不通，謝辭也是好半天沒回來。

然後沒辦法，她匆匆忙忙地跑去停車場準備自己去找，結果一出電梯就被兩個保鏢攔住。

付雪梨本來就著急，被人擋住路更加暴躁，她火氣蹭蹭地往上竄，大聲質問：「你們幹嘛？我找我朋友，快滾開！」

兩個保鏢動作不讓，嘴上很禮貌地解釋：「不好意思，小姐，裡面在處理一點事情。」

「處理什麼？我朋友還在裡面啊！」

付雪梨正和他們周旋著，隱約聽到空曠的停車場有幾聲微弱的哀嚎。知道事情不太對勁，就在原地不停狂打謝辭和許呦的電話。

打了大概有十幾分鐘，許呦的電話才通。

「我等等送她回學校。」謝辭不慌不忙地回答，眼睛往旁邊瞟。

付雪梨大怒，幾乎是吼出來的：『送你大爺，你把許呦送回來，我自己陪她回學校。』

謝辭嘖了一聲，「我車都開到路上了。」

付雪梨問他：『到底出什麼事了？』

「沒出事啊。」

『你當我傻？』

付雪梨懶得和他廢話，冷聲道：『停車場怎麼被人封了，裡面在幹什麼？』

謝辭不緊不慢地隨口瞎編，半真半假：「喔，就我剛剛和許呦出來，碰到一群小混混發生了一點衝突，他們人多我打不過，就帶著她跑了，跑了之後我氣不過，打電話給我哥，讓他帶人下來和那群人交流交流啊。我現在準備送她回學校。」

付雪梨：『……』

交流交流？

「好了，就這樣吧。」謝辭不等她說話，直接掛斷電話。

掛了電話後，車裡又是一片安靜。

謝辭單手彎曲，搭在車窗沿上。他用手背頂著腦袋，垂眼隨意把玩許呦的手機。

不知道過了多久，他忽然問了一句：「噯，妳沒存我的號碼啊？」

許呦轉過頭來，默默拿回自己手機。她眼神倦怠，聲音沙啞著：「今天謝謝你。」

頓了頓，許呦繼續說：「別告訴雪梨。」

「我剛剛不是沒說嗎。」他答應。

「也別告訴別人。」她補充。

謝辭懶洋洋地哼一聲，他的頭微微仰著，背靠著座椅，上下打量著她。

許呦看著馬路發著呆，不再流淚了，可是他覺得她心裡肯定很難受。過了一會兒，他翻開車裡的小抽屜，從裡面拿了幾張一百元人民幣。

「等我啊。」他交代完就打開車門下車。

許呦轉頭。車門砰地一聲關上，車身猛地一震，連帶著她的身子也一抖。

他穿過馬路，渾身上下髒兮兮的，有灰，還有未乾的血跡。謝辭轉進一家二十四小時營業的超市，頭也不回，舉起手裡的車鑰匙。

許呦坐在車裡，聽見啰嗟一聲，車燈亮了亮，車子上了鎖。

幾乎是同時，握在手裡的手機一震，許呦拿起來，連絡人謝辭傳來一條訊息：

——怕妳跑了。

謝辭沒去多久就折回來了，手裡拿著一件T恤和兩包濕紙巾。

他上車，關門，丟了一包紙巾到許呦懷裡。她坐在那裡沒半點動靜，直到謝辭問：「要我親自幫妳擦？」

許呦的鼻子莫名酸澀，說出的話也一哽，「我想早點回學校。」

「我知道。」他說。

「我要回學校。」她又重複了一遍。

謝辭真是被磨得一點脾氣都沒了，他低頭拆開一包紙巾，抽了一張，邊擦手指上的汙漬邊說：「現在六點半是吧，我八點準時把妳送學校門口，成不成？」

很安靜，沒人回話。

謝辭又試探性地說：「ball ball you 啦？」

車停在靠近人行道的地方，偶爾有散步的老人小孩經過，往車裡投來好奇的目光。

夜風穿過車廂，帶著一陣涼爽。許呦坐在那裡，淚流完了，腦子突然很安靜。什麼也想不到，就是一片空白。乾涸的淚水在臉頰上，澀澀的讓皮膚發緊。

許呦懶得再想什麼、爭什麼，她默默把腿上那包薄荷綠的濕紙巾拿起來。

謝辭趴在方向盤上，視線在她身上流連了一下。直到確認她已經默許後，他才放鬆一笑，清清嗓子，「妳頭轉過去一下，我要換衣服了。」

許呦靜靜看了他一眼，把頭扭向車窗。另一側車窗緩緩上升，到頂後，外界的嘈雜聲被隔絕。

他雙手交叉，把上衣掀到頭頂，精瘦的腰露出來，聲音悶在裡面，「頭別偷偷轉過來，占我便宜啊。」

「知道了。」她慢吞吞地回。

§ § §

這座城市到了夜晚格外熱鬧，霓虹燈閃著光亮，車流不息。

他們順著擁擠的人潮走，漫無目的地逛附近的夜市。

許呦穿著寬大的黑色外套，拉鍊拉到頂，完全包裹住她清瘦的身子。她安靜地跟在謝辭身邊，小口地咬著手裡紅豆餡的麵包。

「妳喜歡吃什麼？」謝辭的黑色短髮亂糟糟地頂在頭上，手插在褲子口袋裡，帶著許呦自由散漫地到處亂逛。

許呦咀嚼了兩下，咽下口裡的食物，輕聲說：「我沒胃口，吃這個就好了。」

「就吃這個妳會飽？」謝辭低頭打量她手裡的東西，狐疑地說：「我家小黃都吃得比妳多。」

「嗯。」她應了一聲，沒再說話。

他們一路過去，走到夜市的一條小河邊。

謝辭眼睛亂瞟，突然看到一個地方。他挑眉，拉過許呦的手腕往那處擠。

一個地攤上，面前黑壓壓的一片人群，多半都是大人帶著小孩來玩的。

「老闆，玩一次這個多少錢啊？」謝辭站定後，手依舊不放開許呦，仗著身高高，對在最裡面忙的老闆喊。

小攤老闆是個發福的中年男人，正忙著收錢呢，頭也不抬地說：「看旁邊，牌子上寫著呢。」

地攤上什麼都有，小到旋轉的音樂盒、陶瓷哆拉A夢，大到高一公尺多的棕色熊娃娃。旁邊立著一塊白板，上面用加粗的藍色水性筆歪歪扭扭地寫著：

『十塊錢十個圈，套到帶回家。』

謝辭低頭，大言不慚地對身邊的女生說：「喂，妳看著啊，今天我就要這個老闆破產。」

他自信地說完，也不管許呦願意不願意，就把她強行拉過去。

「老闆，來十個圈。」謝辭從口袋摸出錢遞過去。

老闆看了他一眼，把圈遞過去，然後低頭找錢。

「老闆，這圈這麼小，怎麼套熊啊？」謝辭把玩著細細的鋼絲圈，有點納悶。

老闆找錢給他，心想這高高瘦瘦的小夥子長得挺帥，怎麼那麼純真呢？他翻個白眼，沒好氣地說：「誰讓你套熊了。」

「我想要啊。」謝辭理所當然地說了一句，然後又有點生氣，「您說您不賣還擺攤幹嘛？」

「嘿，你這小夥子。」

老闆不耐煩，對他們嚷嚷，指著旁邊一條用粉筆劃出來的白線，「看到沒有，你站這裡扔，扔到最裡面那個礦泉水瓶子就能拿到熊，前面幾個擺著的你能扔中也拿去！」

謝辭認真地估算了一下距離，又不滿道：「這麼遠？」

他還想再爭，許呦忍不住伸出手扯了扯謝辭衣服下襬，「你快點吧，還有人等著呢。」

終於準備就緒，他們身邊圍滿了人，大家興沖沖地擠在一起。

一個年輕的媽媽把小孩抱在身上，指著謝辭說：「看哥哥為姊姊套圈圈。」

小孩子在撲騰，大吵道：「我要小金魚，我要小金魚嘛，我也要扔。」

謝辭嚴肅地站在原地還活動活動了筋骨，周圍人看他這副樣子，都以為他挺厲害的。

許呦安靜地站到一旁。

謝辭扔第一個之前，轉頭問她：「喜歡什麼？」

許呦看他跟小孩一樣，不由得搖搖頭說：「你快點吧。」

然後他就擅自決定，站在白線處，微微彎腰，聚精會神地伸長手臂，扔出第一個圈。

沒中。

人群發出一陣唏噓聲。

第二個。

又沒中。

第三個、第四個、第五個……

謝辭一連扔了十個，連最近的都沒扔中。

扔完之後的他兩手空空，站在原地默默和許呦對視。其實說起來也挺尷尬的，想一想橫行霸道的一中老大，什麼時候這麼丟臉過？

謝辭不服氣，又去找老闆買了十個圈。

他回來的時候，許呦看他那副躍躍欲試的樣子，微不可聞地嘆口氣。

她搖搖頭，站到謝辭身邊，拿過他手裡的圈，低聲說：「我來吧。」

許呦站在那裡，眼睛看著面前的小物品，靜了一會兒。

她出手，一丟，套住一個小禮物盒。

又是一個圈，套住金魚缸。

人群中響起驚嘆聲。

最後一個圈，許呦在手裡掂量了一會兒，晚風微微吹拂，撩起她披散的黑髮，純白的裙角拍打在小腿上。

細鋼圈脫了手，直直往前飛去，劃出一道完美的拋物線。叮地一聲，穩穩套住最裡面的礦泉水瓶。

周圍爆出喝彩，掌聲響起來，這才是真的高手在民間啊！

謝辭完全驚呆了，愣愣地看著面前發生的一切。

臉色不太好的老闆把大熊取出來，遞到許呦懷裡。

許呦單手抱過，低聲道謝後商量說：「其他東西我不要了，小金魚能給我嗎？」

老闆當然沒意見。

許呦點點頭，走上前去蹲下身子，把小金魚拿起來。她抬頭，四處找了找，看到那個年輕的媽媽。

許呦走過去，親自把手裡的東西遞給那個小朋友，「小金魚。」

§ § §

逛完夜市，已經快八點。

他們沿著原路返回，許呦在前面抱著熊，默默走路。

謝辭手插口袋，在後面慢悠悠地跟著。

到了馬路邊，天色漸暗，路燈把她影子拖長。

「噯，妳真人可不貌相啊。」謝辭忽然笑了，加緊兩步追上她，「看不出來啊，許呦。」

許呦「嗯」了一聲，她說：「因為你太蠢了。」

謝辭嘶了一聲，又繼續聽她說。

「那種圈，重心分布不均勻，前頭比較重，加上有風，你不能對著東西扔，要稍微往旁邊移一個角度，還要考慮拋出去的高度。」

她看著他，「你平時在學校裡不好好學習，所以什麼也不知道。」

謝辭眼睛盯著許呦，逗她：「學霸就是學霸，佩服佩服。」

他又是一副嬉皮笑臉不正經的樣子，許呦懶得理，撇開眼睛往前走。謝辭哼笑，懶洋洋地繼續跟在她後面。

走了幾步遠，許呦突然停下來。

謝辭也頓住腳步，他才想開口問怎麼了，就看到她折回來。她把臂彎裡一直抱著的大熊遞給謝辭，微微抬起頭看他，認真地說：「這個送你。」

身邊的人流來來往往，許呦仰著臉，烏黑乾淨的眼睛靜靜和他對視，深深淺淺的光影掠過她身上。

謝辭呼吸一頓，他從小到大，第一次臉紅了。

晚上八點，車子穩穩地停在臨市一中門口。

謝辭從後照鏡看了一眼許呦，柔和的鵝黃光線下，她閉著眼，半垂著頭歪在椅背上，面容困倦，似乎是睡著了。

他把車子熄了火，引擎的雜音沒了，安靜得只能聽到她細細的呼吸聲。

謝辭指尖無意識地敲打方向盤，偏頭不動聲色地打量她。

一張蒼白纖細的小臉，下顎線條柔和。

隨意披著的黑色外套，對她這麼瘦削單薄的身子來說還是太大了。露出鎖骨窩，一片雪白。

夜晚安靜得很，枝椏細細地透下幾點星光。他越看越覺得渴，慢慢地，身子肆無忌憚地靠過去，沒出一點聲，就這麼離她越來越近。

許呦的呼吸很微弱，胸口緩慢起伏著。他的嘴唇碰到她脖子上的一小塊皮膚，甚至能精確感受到血脈的跳動和流淌。

謝辭覺得自己大概有點變態。他總喜歡聞她身上的味道，一點點茉莉加牛奶的肥皂香味。

突然驚醒過來，許呦打了個顫。她睜開眼，反應了一會兒，不知身在何處。

駕駛座上的人不見蹤影，車子也熄了火。

許呦揉揉眼睛，支起身，解開安全帶下車。

她一抬頭，看到謝辭背對著她，靠坐在車子引擎蓋上，低著頭抽菸。

他知道她下車了，只偏過頭。

許呦把車門關上，望著他的背影說了一句：「謝辭，我走了。」

遙遠的天邊星光黯淡，她的背影漸漸隱沒黑暗之中。

謝辭收回目光，吹出一口煙，白色的煙霧被夜風吹淡。

第七章

你年紀這麼小，不要天天想這種事情。

晚上吃完飯，李傑毅約了一群人，找飯店開了一間房打牌。

謝辭過去的時候，已經快十點鐘。

房間裡，麻將碰撞在一起的聲音嘩啦啦響，隱約有吆喝聲傳出來。

他推開門進去，一局剛剛結束，李傑毅美滋滋地收錢，一抬頭看到謝辭過來，「喲」了一聲，玩味道：「阿辭抱娃娃呢。」

宋一帆應聲回頭，瞪大了眼睛，「謝辭，你哪來的熊啊？」

「哎呀，好可愛啊。」陳晶倚興沖沖地跑到他身邊，彎下腰，手摸了摸大黃熊的耳朵。

她玩得愛不釋手，抬頭彎著眼，語氣有點撒嬌的意味：「阿辭，你給我好不好？」

謝辭沒回答，只是淡淡地朝宋一帆說：「起來，給我打。」

「成成成，您有錢，您來，行了吧！」宋一帆說著，聽話地讓開了身子。

牌桌上還有一個四班的女生，和陳晶倚關係不錯。

謝辭坐下來，把熊放自己腿上橫坐著，開始洗牌。

不知道女生是不是天生對玩偶有種喜愛之情，她坐謝辭對家，手撐著下巴，笑盈盈地說：「謝辭，你這個熊在哪裡買的？好可愛啊。」

「不是買的。」

「啊？」

謝辭的目光垂下去看手裡摸的牌，他漫不經心地說：「我媳婦送的。」

陳晶倚停下手中動作，微微害怕。

李傑毅的反應倒是快，抓住重點：「你又換了？」

「沒那麼快吧。」

宋一帆搬了張椅子坐在他們旁邊嗑瓜子，狐疑地瞟了謝辭一眼。

他碰出一張牌，磕在桌上發出清脆的響聲，「關你們什麼事。」

「呵，看你說的。」李傑毅拿起菸盒，抖出一根。他叼在嘴裡，剛剛按下打火機，就聽到謝辭說：「別在這抽菸。」

李傑毅動作一頓，眼睛斜過去：「我現在抽菸也礙到您了？」

謝辭「嗯」了一聲，言簡意賅地說：「你別把我的熊熏臭了。」

此話一出，牌桌上的人都：「……」

李傑毅差點噴了。

「為了這個破熊，你已經娘出天際了，謝辭。」

§　§　§

上學的日子平平淡淡地過，一轉眼就到了十一月中旬。

上午第二節課結束，在較久的下課時間去跑操場前，班導師拿著一疊紙進教室，「回位置上，我快點說完，讓你們集合去跑操場。」

許呦就坐在第一排，她停下手中的筆，闔上書本看向講臺。

許慧如把那疊紙大致分了幾份，丟到每組第一排學生的桌上，讓他們一個個發。

許呦拿起桌上的紙，低頭看了一眼。

分班意願表。

她離開座位，拿著這疊紙一張張發。

許慧如還在講臺上說：「現在你們把這張表帶回家，中午和父母商量一下讀文還是讀理，明天早上交給我，班長收齊了放我辦公室。還有啊，我之前跟你們說了，學校上頭規定，從今天開始，我們就要開始上晚自習了，上到八點，有特殊情況的自己來跟我請假。」

一段話讓教室裡一頓嚎叫。

許呦的表格發到第二組後面時，也不知道是誰喊了句什麼，閒閒散散地聚在一起的那一窩男生突然大聲起鬨，曖昧地笑起來。

她不明所以，抬頭看去，視線剛好和一個人撞上。

謝辭臉上也是淡淡的笑意，嘴裡嚼著口香糖，單手放在桌上轉著筆，靠在椅背上仰頭看她。

他不知道什麼時候剪了頭髮，兩邊的頭髮剃得很短，黑色碎髮垂在額前。

許呦微不可聞地朝他點頭，算是打招呼了，收回目光繼續低頭發東西。從他身邊擦身而過時，謝辭兀自低頭，勾起一邊唇角笑出聲。

發到最後面，手裡的表格沒了，還剩下兩排。

「——噯，等等，我沒有啊。」謝辭故意喊住許呦，臉上是插科打諢的笑。

許呦要回座位。她點了點頭，對他說：「我也沒多的了，你去講臺上找老師要吧。」說完她就轉身走。

徐曉成嗤笑一聲，湊過來損了謝辭一句：「不知道是不是錯覺，我怎麼感覺人家對你挺冷淡的啊？」

「不應該啊，我的辭，你怎麼失手了？」徐曉成賤兮兮地笑著補充了一句。

他們那群玩在一起的，都知道謝辭好像對班上這個剛來的學霸轉學生有點意思。不過過了這麼久，人家好像還是對他愛理不理的。

被戳到痛處了，謝辭抬眼，懶得回話，直接踹了他一腳。

「喂喂喂，你別惱羞成怒啊。」徐曉成拍拍褲子，靠過去摟住謝辭脖子，「我說，你把妹不比我有經驗吧？要不要兄弟傳授你幾招？」

「滾！」謝辭把他的手臂從脖子上拿下來，使勁一扭，沒好氣地道：「去旁邊玩，別煩你辭哥。」

時間較長的下課時間要跑操場，高二是繞教學大樓跑三圈。先年級各班排好隊，然後音樂響起，跟著音樂裡的口號跑。

高二九班每次都是被學年主任抓著教訓的對象，每次整隊都拖拖拉拉不整齊，男生還喜歡嬉皮笑臉，互相打鬧。

這次也一樣，剛跑完一圈，學年主任手扠著腰站在二樓，拿著麥克風大喊：「九班的那群人，你們給我好好跑，跑不好再多跑一圈啊！」

許呦抹了一把額頭上的汗。她從小體育就不好，跑步什麼的都不是長項，每次跑操場跑兩圈都夠她喝一壺水了，還要多加一圈。

許呦微微喘著氣，看到鞋帶有點鬆了。她剛稍微放慢腳步，準備離開隊伍繫鞋帶，身邊就有一群男生趕上，把她硬生生和女生隊伍分離。

許呦呆了呆，仰頭看那些擋在她前面高高大大的男生。

「幹什麼？」她出聲。

「受人所託。」前面的男生邊跑邊嘿嘿笑，沒回頭。

男生有三列，許呦現在的位置就是被包在第一列和第二列中間。

她無語，準備橫穿出佇列，突然伸出一隻手臂把她拉住。

「你在我跟前跑什麼，吸引我注意力呢？」謝辭欠揍的聲音響起。

許呦算是被他拖著跑，想掙脫都無法，她有點氣，皺著臉拍他手臂，「你別拉著我，放開！」

謝辭嘖了一聲，閒閒地瞟她一眼說：「妳別老對我動手動腳的。」

周圍的人眼觀鼻，鼻觀口，口觀心，不敢圍觀老大「調情」。

許呦伸手掐他，擰起一圈肉，「你放不放開，不放我要生氣了。」

自從那天後，她莫名就不怕謝辭了，甚至把他劃入朋友的範圍。就是有時候覺得他有點煩，死皮賴臉的，很惹人生氣。

謝辭「哎喲」兩聲，低眸看她，小聲地說：「許呦，最近脾氣變大了啊妳。」

跑完操場，全體原地解散。

許呦從口袋裡掏出校園卡，去超市買了一瓶水出來。她擰開瓶蓋往教室方向走，剛喝兩口水，身邊就有人跟了上來。

謝辭把外套甩在肩上，笑容有點野，「這麼巧。」

身邊是湧動的人潮，密密麻麻的學生彙集在一起，兩人的距離被擠得近了一些。

許呦看了他一眼，「你怎麼一天到晚這麼閒？」

「不是睡覺就是玩。」她又說。

謝辭想了想，微偏過頭，心情很不錯地回：「看不出來妳還挺關注我的啊。」

「……」

明知道他就是輕浮，愛逗她玩，許呦還是忍不住在心裡嘆氣。

他們默默走著，一高一低。

謝辭突然搶過她手裡拎著的水瓶，擰開蓋子仰頭喝了一口水，唇貼著瓶口。

許呦沒理他，一個人默默走。

「妳送我的熊，我天天抱在床上睡覺呢。」他舌尖舔去唇邊的水漬，假裝漫不經心地說。

「嗯。」她聽了有點想笑，覺得謝辭跟個小孩似的。就是有時候喜歡耍無賴，暴戾又天真的性格有點矛盾。

發現他站得太近了，許呦不著痕跡往旁邊退一步，「那個熊不髒嗎？都是灰。」

謝辭馬上說：「我洗了。」

話題就這麼結束了，又是一陣默默無語。

憋了很久。

快走到樓梯口，謝辭強拉硬拽過許呦，拖扯到轉角一個人很少的角落，光線有些陰暗。

許呦校服都要被他扯掉了。她蹙眉低頭把衣服拉好，不耐煩地說：「你在學校別總是發瘋。」

「不是，我就是想問妳一個問題。」

謝辭語氣沒了吊兒郎當的意味，眼神漆黑，透著一點認真，「妳到底什麼時候才能當我女友啊？」

許呦就站在他面前，非常安靜，似乎沒聽懂他說什麼。直到謝辭伸手，把她下巴抬起來。

他低下頭找她的眼睛，「嗯？」

許呦擰起眉毛，擺擺頭想甩開他的手。

謝辭一手板過她的肩，手指緊緊捏著下巴那塊的皮膚，眼神漆黑幽暗。

許呦拍打他，「謝辭你放手，弄疼我了啊。」

這個角落不算太隱蔽，偶爾有兩三個學生經過。

他鬆開對她的鉗制，許呦立刻低頭看錶，還有五分鐘就是下一節課。

她退後一步，看向謝辭，靜靜的，又很認真地說：「你年紀這麼小，不要天天想這種事情。」

說完就移開視線，打算走人。

謝辭反應迅速，錯開一步，扯住她的手臂蹙起眉頭：「噯，我現在真挺煩的，妳別那麼古板行不行？」

許呦站住腳步，略微想了想，半晌她點點頭：「再說吧。」

謝辭被她敷衍的態度弄得心煩氣躁，他深吸一口氣，「妳就跟我裝。」

許呦一動也不動，也沒回話，像是在發呆。

他問：「是不是對妳太好了？」

她依舊沉默。

兩人原地僵持著，彼此相顧無言，上課鐘在校園裡敲響。

「算了。」他忽然發脾氣，丟下這一句就走了，留給她一個遠去的背影。

許呦原地站了一會兒，進教室的時候，老師在講臺上講課。

許呦站在門口，舉起手說了聲報告。老師皺著眉，看到是她也沒多為難，點點頭就讓許呦回座位了。

「妳去幹什麼了？」鄭曉琳湊過來，壓低聲音，欲言又止，「我剛剛看妳和謝辭走在一起，還以為妳……」

許呦低頭把書拿出來，打開鉛筆盒，以食指堵住唇：「噓，下課了再說。」

老師在黑板上寫字，學生在底下抄筆記，本來安靜的教室突然砰地一聲巨響。教室後門被人直接用腳踹開，門板撞到牆上，又被彈回來，吱呀吱呀地晃了好幾回。

班上同學往後看，老師也停下手裡的粉筆。

謝辭冷著一張臉，徑直走到座位上，從抽屜拿出自己的手機。

「謝辭，你幹什麼！」老師反應過來之後大聲罵了一句，把黑板拍得震天響。

謝辭連眼神都沒給一個，拿了手機就往外走，完全無視身後暴跳如雷的老師。

全班鴉雀無聲，大氣都不敢出一個。

徐曉成給宋一帆打了個眼神，歪歪頭。兩個人趁人不注意，彎著腰也偷偷從後門溜出去。

他倆從教室出來，走了幾步下樓梯就打電話給謝辭。好幾通都被掛斷了，宋一帆鍥而不捨地繼續打，最後一通終於接通了。

「阿辭，你又怎麼了啊，誰惹你了？」

「什麼？？？！那你現在去哪裡了？」

「付一瞬找人搞你？他活膩了吧。」

徐曉成和他對視一眼，把手機搶過來說：「我和黑皮出來了，你在哪裡？我們去找你。」

教室裡。

鄭曉琳心有餘悸地拍拍胸口，感嘆道：「我的天啊，謝辭是怎麼了？好久沒看他發這麼大的火了……」

§ § §

記得上次看到謝辭生氣，還是別班有人來找碴。

當時還是高一剛開學的時候，同年級體育班的幾個高大男生走進班上，非要強行把班上一個女生拖出去。

被拉的女生大聲尖叫，掙扎哭鬧著。

那些人罵罵咧咧，不知道和那個女生發生了什麼恩怨糾葛，反正一個個都凶神惡煞的嘴臉。

班上有些男生看不下去，走過去阻止，被體育班的人一下子推開。

年輕人都火氣旺盛，你一來我一往。

兩個班的人衝突一起，爭吵推打之間，不知道誰撞到了正趴在桌上睡覺的謝辭。

謝辭被吵醒。他先是抬頭，看清情況後慢吞吞問了一句：「誰撞的？」

一個刺蝟頭的男生踢了踢他桌子，罵道：「我撞的怎麼樣？別跟我裝屌。」

謝辭盯著那個男生，等他說完，然後緩緩從位置上站起來，提起旁邊的椅子掂量了幾秒。

在所有人都沒反應過來的時候，毫不猶豫地把椅子直接蓋到那個刺蝟頭男生的頭上。

完全不管不顧，一點也沒手下留情，當場就見了血。

在場的人都被嚇懵了，倒吸一口氣，微微張著嘴。

謝辭剛睡醒，黑色短髮還有一點凌亂。他就那麼要笑不笑地踢開腳下的椅子，跟體育班的人說：「還不滾？」

這件事情之後，謝辭也沒在班上打過架，但是同學之間漸漸流傳開來，原來他就叫謝辭，一中國中部的老大。

因為平時班上大部分的人都有點怕他年級老大的身分，多數同學不會去主動惹他。

謝辭雖然不讀書，但還是比較低調，除了偶爾翹課遲到或者睡覺，也沒做過特別過火的事情。

鄭曉琳問：「呦呦，妳知道發生了什麼嗎？」

許呦埋頭抄筆記，她輕聲回：「我不知道啊。」

「實在是太恐怖了……」

鄭曉琳轉開眼，也開始抄作業，嘴裡念念有詞，也不知道在嘀咕什麼。

這節課結束，許呦和許星純被班導師叫到辦公室。

許慧如手裡拿著成績單，正在看他們十月月考的成績。

「是這樣的。」許慧如把他們帶到走廊，咳了兩聲，開門見山地說：「你們兩個是我們班比較優秀的學生，當然也是學年裡很優秀的學生。今天發了文理分班表，我就是想問問你們的意見。」

許星純先開口，他點點頭，直接說：「讀理。」

許慧如點頭表示知道了，問道：「照你的成績，你以後肯定是要去衝刺班的，你有什麼想法嗎？」

這一次，許星純沒有很快回答，站在原地沉默著。

許慧如對他說：「學校指望你考市狀元，衝刺班和普通班相比，各方面條件都要好一點。」

許呦靜靜地聽他們講，眼睛低垂下去，看地上一塊被陽光投射出的陰影。

講了一會兒，許慧如讓許星純先回教室，單獨留下許呦。

她先是表揚了幾句，「我看得出來妳平時學習很紮實，能靜下心讀書，這次月考也是全學年前幾名。」

許呦不知道說什麼，就點點頭。

「聽妳姑姑說，妳之前是參加物理競賽的？」許慧如又低頭看了看許呦的成績。物理那一欄上，分數赫然一百零九分，接近滿分。

許呦點點頭。

許慧如又問：「妳是什麼時候開始的？」

許呦聲音細細小小，回答：「國二。」

「每年都考嗎？」

「今年我沒報名。」

「我們學校是沒開競賽班的，妳知道吧？」

「知道。」

「嗯。」

老師對成績好的學生總是很有好感。許慧如臉上有點笑意，拍了拍她的肩，「妳以後應該也是要讀理科的吧？」

許呦點頭。

許慧如看著她，有些感嘆地說：「好好讀，爭取考清華北大。」

「對了。」

走之前，許慧如叫住她，遞給許呦一張表格，交代道：「把這個填好，下午交去教務處。」

§ § §

中午回寢室，大家都在討論文理分科的事情。

許呦的感冒拖拖拉拉，一直沒痊癒。她咳嗽兩聲，坐到椅子上，拉開抽屜拿出手機打電話給父母。

那邊響了幾聲才接通，「媽。」

陳秀雲噯了兩聲，問：『阿拆啊，怎麼了？在新學校過得好嗎？』

「挺好的。」

許呦垂眼，無意識地玩手指，「今天老師問我們要讀文科還是理科。」

『當然讀理科啊，讀文科有什麼前途？』許爸爸接過電話，在那頭說：『對了，我們在學校外面幫妳租了間房子，下個星期妳媽去照顧妳，別住宿了。』

許呦「啊」了一聲，愣了一會兒，「那媽媽……」

『妳現在安心學習，什麼都別管，高三了還是學習重要。』

「外面租的房子離學校遠嗎，貴不貴？」

『沒有很遠，這些妳都先別管。』

許呦不言不語，靜靜地聽。

許爸爸不停念叨，『妳姑姑跟我說了，她和你們班導師談過幾次，妳現在在學校的成績很不錯……要不是我工程調到這邊，妳物理競賽……唉……』

「沒事的，爸爸。」

許呦轉了話題，「我們今天開始要上晚自習了。」

『是嗎？妳晚上在學校食堂吃得好嗎？』

許呦嗯了一聲。

陳秀雲接過手機，『這邊房子還要準備幾天，妳這週末就別去妳姑姑家了，以後和媽媽住，我每天做飯給妳吃。妳到學校聽話一點，過幾天我就去寢室幫妳收拾東西。』

許呦答應，「媽，我會聽話的。」

那邊又說了幾句後，許呦掛了電話。

廖月敏一手托著腮，她剛剛斷斷續續地聽到幾句許呦和父母打電話。

「妳要搬出去住啦，呦呦？」她問。

許呦點點頭。

廖月敏遺憾地嘆口氣，「唉，宿舍要少一名學霸了，以後也不能問妳問題了，好傷心。」

許呦輕笑地說：「沒關係的，妳想找我，可以去我們班。」

「那妳肯定讀理科了？」

沒等許呦回答，廖月敏又肯定道：「妳成績那麼好，怎麼會去讀文科？」

許呦低頭把玩手裡的手機。她翻開通訊錄，一眼就看到「謝辭」。

想到早上他說的話，許呦有點走神，手指下意識點開收件匣，他傳的十幾條訊息全在裡面。

許呦撐著額頭，一條條點開看。

寢室裡很安靜，陳小抱著手機，突然發出一聲驚呼：「我靠！」

許呦離她最近，她側頭問：「怎麼了？」

陳小有點結巴，她瞪大眼睛把手機遞過去，「天啊，妳看妳看，學校論壇，謝辭出事了，他、他居然……」

聽到陳小驚呼，寢室裡剩下兩個人也紛紛圍上來。

「怎麼了，怎麼了？」

陳小半掩著嘴，轉過頭，指了指手機對室友說：「論壇有人發文，說謝辭他……他好像侵犯高一一個學妹，已經被那個女生家長告到學校了……」

文章內容大致闡述了一下事發時間和經過，許呦翻看著，眉頭卻越皺越緊。

身邊陳小和廖月敏兩個人，你一言我一語地分析起情況。

「當時天那麼黑，那個學妹怎麼知道是謝辭啊？」

「不是說了嗎，學妹被人救以後，雖然那個人跑了，但是別人在地上發現謝辭名牌了……」

「那也不對啊，運動會當時謝辭壓根不在學校，他們班和四班一起出去玩了。」

「妳看文章，有四班的人說謝辭下午大概五六點就不見了，不知道跑哪裡去了，這不是正好對上了嗎！」

「那個學妹幾點出事的？」

「剛剛好就是謝辭不在的時候，好像晚上六點多。那個學妹出去買奶茶，回來的路上……」

「……出什麼事了嗎？還是說……」

「倒是沒出事，被路過的人救了，可是妳想，這種事情性質多惡劣啊！學校把他開除都是小問題，說不定鬧大了……」陳小的表情誇張，剩下的話卻沒有繼續說。

運動會晚上，五六點，遺落的名牌。

沒有不在場的證人，時間又剛好對得上，還有貌似確鑿的證據。

許呦把陳小的手機放下，安靜地坐了一會兒。她也不知道想到了什麼，臉色蒼白，額角冒汗，手緊緊捏在一起。

下午上課，班上的同學果然都在討論這件事。謝辭的座位空著，宋一帆也不見人影。

教務處在高二教學大樓旁的大樓，許呦手裡拿著班導師早上給的表格，把它交到教務處。

安靜的長廊上，只有一絲絲光柱投射到瓷磚地上。

交完表格，許呦低頭走出教務處。一個轉角，路經一扇門，她漸漸停下腳步。

校長辦公室。

裡面有激烈的爭吵聲音傳來，隱約夾雜著間間斷斷的啜泣音。

「謝辭！你給我說清楚，這是怎麼回事！」一個中年男人中氣十足的咆哮響起，聽得出來現在情緒很憤怒。

一個女人很焦急，不停催促道：「這是鬧著玩的嗎！你這孩子別不吭聲，倒是說話啊！」

有人低低勸解，想緩和緩和，但另一個稍顯尖銳的女聲拔高，「你說不是你，又說不出那天晚上到底幹什麼去了！到現在還不承認！誰會憑空汙蔑你！我女兒出了這種事情，你再不說，我現在就打一一〇！」

許呦腳退了半步，手放在門把上。

裡面突然有人爆發，不知道是砸了還是碰倒什麼東西。

一陣兵荒馬亂。謝辭的聲音傳來，冷漠裡帶著漫不經心，「我說了，我沒幹這種破事，退學就退學，隨你們報警。」

到這種時候他還在逞強，不肯鬆口，真是死都不服輸的性格。

一聲響亮的巴掌「啪」地一聲脆響，那力道大得聽聲音就嚇人。

中年男人沉著聲音說：「你今天不給你老子在這裡說清楚，你那天晚上五六點去幹什麼了，等等就等著員警來問你！」

「你倒是說啊謝辭，你要把我急死嗎！」

不停有人在焦急地催促，謝辭還是安靜，始終緘默也不解釋什麼。

許呦心裡有種說不出的感受，肩膀無力地靠著牆，腦子裡紛亂複雜。謝辭為什麼不直接說？是因為……

『今天的事……』

『你別告訴雪梨……』

『嗯。』

『也別告訴別人……不要告訴任何人。』

清爽的晚風吹進車廂，溫柔橘黃的晚霞，擁擠的人潮，他頭仰靠在椅背上，懶洋洋地答應她。

——好。

陽光照在裸露的皮膚上，卻讓人感受不到絲毫暖意。許呦深吸一口氣，拖著腳步，把人藏到角落的陰影下。

她順著牆壁緩緩蹲下，抱住自己膝蓋，眼睛愣愣地直視前方。

謝辭……是因為答應了她嗎？

吵鬧不休不止，門突然打開，有人從裡面衝出來。

謝辭眼神冷淡且不耐煩，不管不顧地往前走，絲毫不理會身後亂成一團糟的所有人。

辦公室裡，女孩的父母、學校長官、班導師、他的父母……

眨眼間，謝辭的身影就消失不見。

許呦回過神，反應片刻後站起身，從樓梯一路跑下去。追到樓下，他已經走出很遠，快到校門口。

「謝辭！」許呦不知道哪來的力氣，站在原地吼出他名字。

他沒聽見，或許是身後喊他的人太多，已經懶得理會，他仍舊是頭也不回地走。

許呦提氣，拔足狂奔，一口氣追到他身後。她跑得上氣不接下氣，微微彎腰喘氣。

「謝、謝辭。」許呦用很大的力氣攥住他手腕。

謝辭聽到動靜，回頭。

他的眼神，先是停在許呦因為劇烈奔跑而變得通紅的臉頰上，隨即往下移。

她細白的手指，緊緊抓住他的手腕，生怕他跑了似的。

第二節課的鐘聲早就響起，寬闊的校園裡學生很少，不遠處警衛室的警衛探出頭，狐疑地往這邊看。

許呦大口呼吸，心臟跳到喉嚨，說不出話來，只知道把謝辭往後拽。

他皺眉，只是輕輕抽了一下手。當然沒抽出來。

「我今天要是不來，你打算怎麼辦？」許呦的聲音仍舊冷靜，只是稍微顫抖。

謝辭眉頭一皺，「就這點爛事，妳別管。」

「不行，你……你跟我回去……我和你一起把話說清楚。」許呦眼睛有點發紅，死死咬著唇，有點不知如何是好。

謝辭看著她，悶了半晌。

「說什麼，沒什麼好說的。」他低聲道：「我爸媽又不管我，反正……」

「你別害怕。」許呦低著頭看地面，輕聲打斷他說：「別怕……謝辭。」

§　§　§

重新回到那間辦公室，裡面所有人的目光都瞬間被許呦吸引。

謝冬雲正坐在沙發上聯絡人，一抬頭看到自己兒子被一個小女孩牽著進門。

看到謝辭，女生的家長又激動起來。女生媽媽蹭地一下站起來，激動地指著他們說：「你還敢回來！」

謝辭剛想發怒，就感覺手被人輕輕一捏，他所有話都堵在喉間。

許呦悄悄吐口氣，她不著痕跡地擋在謝辭面前，小小的個子，腰板挺得筆直，「阿姨妳好，我叫許呦，是高二九班的，謝辭的同學。」

在場的人不知道是什麼情況，互相看了兩眼，都沒說話。

針落地可聞。只有許呦一個人在說話，嗓音慣常的軟，咬字卻很清晰。

「運動會那天晚上五六點，謝辭和我在一起。我們在正大廣場地下停車場，我想您願意，應該有監視器的紀錄可以看，從五點到八點，就是您女兒受到傷害，到被路人解救這段時間，謝辭都和我在一起，我能當證人。」

謝辭張了張嘴，周圍靜悄悄的。

她護在他身前，就像護雛鳥，卻不知道自己都瘦弱得讓人心疼。

那女孩的父母也是怔了一怔，欲衝出口的責罵噎在喉間。劇情反轉得如此之快，這讓在場的人始料未及。

「小女孩，妳確定當時和謝辭在一起？」

有人發問，聲音嚴肅地道：「這可不是鬧著玩的。」

「我確定，咳咳。」許呦臉色蒼白，手虛握成拳，放在唇邊低咳了兩聲。

她一咳，瘦小的肩背微微躬在一起顫抖，腦後紮著的馬尾也鬆鬆地滑到肩前去。

謝辭比許呦高了不止一顆頭，他和她靠得近，下意識想去扶住她手臂。手臂剛有動作，就被自己父親狠狠一瞪。

他訕訕地收手，謝冬雲緊皺的眉總算舒緩了些。他拿起手機，不知道撥了誰的號碼，那邊一接通，他立刻說：「給我調十月十七號下午那天，正大廣場地下停車場的錄影。」

「……」

「什麼！」謝冬雲從沙發上站起來，快步走到外面走廊上。

剩下的人在辦公室裡面面相覷，沉默了一會兒，女孩的媽媽開始對許呦嚷嚷，「難道妳說什麼就是什麼，先拿出證據來，我的女兒怎麼這麼命苦喔，攤上這種事……」

她又是哭天搶地一番抹淚，許呦沒說話，學年主任倒是先出來打圓場，「既然說了有錄影，那柳媽媽您也別著急，到底是不是我們學校的學生做的，現在還有待商榷。」

畢竟這種事，鬧大了傳出去也不太好，校方更偏好息事寧人的解決方法。

又爭論了一會兒，謝冬雲從外面打完電話回來。他先是看了一眼謝辭，然後沉聲道：「商場那邊有五點二十分，我兒子在電梯裡的錄影，監控顯示他六點十五分才把開車出商場，至於您女兒出事這段時間，我兒子有充分不在場的證據……」

這段話一出，在場大半人都鬆了口氣。

第八章

妳說到做到啊，糖給妳，人就是我的了。

從校長辦公室裡出來，許呦走在前面，謝辭眼睛盯著路面，默默地一路跟著。

快到十二月分，天氣溫度驟然下降。儘管下午陽光明媚，風吹到人臉上仍舊割得生疼。

走過噴水池旁，她漸漸停下腳步，看著汩汩的一簇簇小水柱出神。

「那個……」

謝辭突然出聲，倒是把許呦嚇了一跳。

他歪著頭，湊得很近。

「你稍微讓開一點。」許呦想撥開他。

謝辭既不說話也不後退，眼睛直盯著她看，「妳今天為什麼要幫我？」

「……」許呦撇開眼。

他卻依舊固執，彷彿非要得出什麼答案。

「妳不是很討厭我嗎？」謝辭追著她不停問。

許呦不語。她只是有點累，繞過他走到旁邊的木質長椅上坐了下來。

謝辭還在原地，一動不動地站著。

許呦伸直了雙腿，手撐在長椅邊緣，微微傾下身子嘆一口氣。離下課還有一會兒時間，這時候上去，又會擾亂課堂紀律。

許呦手指輕點長椅，過了兩秒。她對著不遠處招招手，像在召喚小狗狗一樣。

「你別站著了。」她聲音不大，手掌拍拍身側的位置，「過來坐。」

謝辭反應了半晌，幾乎懷疑自己出現了幻聽。

他偷偷觀察許呦的臉色，然後默默地，聽話地走過去，挨著她身側坐下來。

兩個人隔得很近，腿幾乎挨在一起，許呦似乎也沒發現。

一時間默默無語。

「謝辭。」她喊他的名字，問：「你今天，為什麼要跟你爸爸吵架？」

謝辭不說話，她就繼續說，聲音緩慢又輕柔，「你的爸爸媽媽也很擔心你，出了這種事情，你應該來找我商量，或者和他們說清楚，免得——」

「喔，他們又不擔心我。」謝辭轉開目光，聲音古板無波，面無表情地說：「他們早離婚了，各玩各的，誰有功夫管我。」

許呦怔忪，過了一會兒才道：「不好意思，我不知道，我不太會說話，你別介意。」

「幹嘛？不會是因為我被我爸罵了，妳才幫我說話的吧？」他轉頭。

謝辭坐著也比許呦高，她就仰起頭，認真地說：「你是我同學，你幫了我，不論怎麼樣我都不可能坐視不管。」

「我們就不能不當同學啊。」他不滿，嘟嘟囔囔。

謝辭見她不出聲，就繼續道：「妳是不是特別討厭我？」

許呦搖頭。

「那妳能不能別故意對我那麼冷淡？」

「我沒有故意。」

許呦眼睛看著天上的白雲，平靜地道：「我和你的生活不同，我們成長的環境也不一樣，可能對待人的方式也不同，你之前會惹我生氣，但是也沒有到討厭你的程度。」

她說到這裡，看了他一眼，「我以前挺怕你的，因為你脾氣太差了。」

謝辭僵著臉，「老子脾氣哪裡差了？」

「反正不好。」

許呦搖搖頭，「還喜歡耍流……」

她還沒說完，眼前突然一黑，謝辭的臉近在咫尺。

「妳這張嘴那麼能說，怎麼不去說相聲？」

§ § §

謝辭那件事貼上論壇以後，過了幾個小時就被刪了。後續也有貼出澄清，總之沒有掀起什麼大風浪，這件事情就那麼過去了。

倒是那個學妹，沒過多久就轉了學。

班上又調了一次位置，許呦還在第一排沒動。

她現在從住宿生變成了非住宿生，租的房子在學校附近的街區，不是很遠，平時有母親照料。

星期五下午通常沒什麼課，一節體育課，兩節自習課，上完就放雙休。

許呦昨晚被樓下小孩的哭鬧聲弄得失眠，中午沒來得及睡午覺，此時眼皮直打架。

她在教室強撐著寫完一套模擬考卷，便把書丟到一旁，趴在書桌上沉沉睡去，連放學鐘聲都沒聽到。

醒來時，教室裡只有零零落落的幾個人，靜悄悄的。

許呦打了個哈欠，收拾桌面上的書本，揹好書包離開學校。

學校門口的人流量很大，人頭攢動。

她過馬路的時候，腦海裡還在想剛剛算的一道函數題。

走過幾條街，許呦停在一家賣糕點的店門口，進去排了快半個小時的隊。冬天天色黑得早，走出來時，路邊的街燈都已經亮起來。

許呦手裡拎著塑膠袋，低著頭，慢慢走過一盞盞路燈。這條街人很少，幾乎不見人影。

走過一個坡，她下了兩階臺階，身子頓了頓。

「你別跟著我了。」許呦回頭。

不遠處晃出一道黑影。謝辭兩手插口袋，離她不遠不近。

已經快一個星期了，謝辭自從知道許呦住在校外後，天天放學都跟著她，一直到家。

他每次都在後面默默跟著，也不打擾。

許呦本來想一直裝作不知道，可是他像流浪貓一樣跟著她，看起來又有點可憐。

在原地待了一會兒，許呦於心不忍，握緊手裡的袋子。她折回去，走到謝辭面前仰頭問：「你家在哪裡？」

謝辭腦子有點空。

她被磨得沒了性子，扯了扯他的外套，「大冬天的，你跟著我你不冷嗎？」

「不冷啊。」他回答得很快。

許呦又問：「那你跟著我幹什麼？」

又回到這個問題。

她聲音輕輕的，挺軟。

謝辭不說，嘖了一聲，眼睛看向別處。

涼風吹過，兩個人都冷得縮了縮肩膀。許呦的厚外套外還披著一件校服，一看就是個學生。

他們站在路邊上，偶爾有經過的人以好奇的目光投向他們。

氣氛怪怪的。

許呦覺得不自在，轉身邁開步伐。身後的人反應很快，追上來和她並肩走著。

兩人也沒什麼話說，剛走了幾步，他的電話就響起來。

謝辭接通，那邊宋一帆的大嗓門大大咧咧地傳來：『我說你送嫂子到家沒啊？都幾點了，這裡的人都等著你來呢，阿辭。』

聲音很大很清晰，傳到許呦耳朵裡，她聽得一清二楚。

謝辭往旁邊走了幾步，不耐煩地擰起眉，「我今天不去了，別煩我。」

宋一帆怕他掛電話，連忙「噯噯」兩聲，『別不來啊！我們……』然後直接被掛了電話。

他的表情還挺嚴肅的，把電話收起來，一抬頭就撞上許呦的目光。

「看帥哥用得著這麼專注嗎？」謝辭又開始耍嘴皮子。

許呦低頭，從塑膠袋裡撈出一個還有點熱的草粿遞給他，「給你吃，快點回去吧。」

謝辭一聲不吭地接過，人依舊賴著不走。

「謝辭，你到底想幹嘛啊？」許呦拿他沒辦法，甩也甩不掉，勸也勸不走。她又憋了半天，說：「你別老跟著我回家了。」

「妳先站著別動。」謝辭的表情隱在月光下，低頭看著離自己很近的她，薄唇抿緊，「許呦，我忍很久了。」

許呦聽他說完這句話，尚未反應過來，只感覺到自己的雙肩被人扶住。他飛快地湊過來，嘴對嘴，啄了她一下。

謝辭的氣息很重，熱氣呼在她耳邊，「給我親一下就走。」

謝辭擦過她杏紅的唇，轉瞬即逝，不敢久留。那點溫熱，卻一路酥麻到心底。

許呦的肩膀被他固定住，動彈不了。就那麼一下，讓兩個人都僵住。

路邊的燈散發著昏黃溫暖的光暈，街邊的人很少。寒夜裡的冷風輕輕一吹，指尖發涼，頸邊也涼。

「能不能再親一次？」他的語音轉低，有點喑啞。似乎是在忍耐，呼吸聲很重。

許呦沒來得及出聲，剛偏過頭，雙肩就被人握住，拉近。謝辭低下頭，又重新湊上來。這次不是淺嘗輒止，而是重重堵住她的唇舌，動作激烈，她手裡的東西掉在地上。

§ § §

許呦回到家，一打開門，發現爸爸坐在沙發上。

陳秀雲坐在旁邊織毛衣，一抬頭看到許呦，嘴裡念了一句：「今天怎麼這麼晚才回來？」

「我去買了點東西。」許呦低下頭，一邊換鞋子一邊回答。

飯桌上，飯吃到一半，又說起文理分科的事情。

許爸爸停下筷子，「阿拆，妳今天怎麼老走神？我一件事情問妳幾遍了。」

「啊、啊？什麼……」許呦抬頭，一副剛剛回神的模樣。

許爸爸皺眉，「妳最近在想什麼？別到學校也是這個樣子，還怎麼學習？」

客廳的電視機沒關，晚間新聞的女主播聲音傳來，「XX將於全市XX全面停產……」

許呦分了心去聽。

「妳爸問妳填好那張表沒有。」陳秀雲往許呦碗裡夾了塊肉，出來打圓場，「這種東西應該要給我們簽字的吧。」

許呦點點頭，半晌又低頭，看著碗裡的米飯，小聲說：「我知道。」

晚上洗完澡，許呦擰亮檯燈，打開一本物理習題。這本物理資料還是高一買的，厚厚一疊，裡面每一頁的題目都有滿滿當當的筆記和標註。

她坐在桌前發了幾秒的呆，把書翻到上次沒做完的地方，抽出一張草稿紙繼續算。

途中陳秀雲進來房間過一次，她把一杯牛奶放到許呦手邊，叮囑道：「趁熱喝了，明天休息，今天就早點睡。」

許呦點點頭，「我知道了，媽媽。」

「別怪妳爸爸對妳嚴，他也是為妳好。」

「嗯，我知道。」

「在新學校還適應嗎？和同學處得怎麼樣？和以前的朋友還有聯繫嗎？」

「適應的，很少聯繫了。」

中間的問題許呦跳過了，陳秀雲也沒再問。

許爸爸在客廳裡看電視，聲音調得很小。

陳秀雲看著她桌上寫得密密麻麻的草稿紙，在心裡嘆一口氣，帶上房門出去了。

下週又要月考，許呦單手托腮，轉轉手裡的筆，打算繼續算剛剛沒算完的題。

這是一道物理大題，結合電磁場和動能定律。她算了半天總是不對，思路被卡在一個地方前進不了。

她列了好幾個算式，排列在一起。看著那些擠在一起的數字和字母，許呦第一次有點走神。

她丟了筆，趴在桌上，側著臉盯著雪白的牆壁發呆，怎麼會有這麼不要臉的人……

許呦的腦子有點亂，眼睫慢慢忽閃。

放在床上的手機響起來，許呦推開椅子站起身，走到床邊撈過手機看來電顯示——聯絡人「謝辭」不斷在螢幕上跳躍。

許呦怔了兩秒，手指停在拒接鍵上一頓。

她很少用手機，不知道怎麼把人加入黑名單。

手機不間斷地響了幾次，陳秀雲聽到動靜，在客廳裡喊：「阿拆，妳手機怎麼一直在響？」

許呦正坐在床邊，聽到母親的喊聲，她回頭急應了一聲：「沒事，我同學的電話！」

手忙腳亂之中，她不知道怎麼就按了接通鍵。猶豫了幾秒，她還是把手機放耳邊，「喂」了一聲。

那邊沒人說話，只有背景音有點吵。

門突然被敲響，許呦嚇一跳，電話還舉在耳邊。許爸爸打開房門探頭進來，「誰的電話？」

「我同學。」許呦暗暗捏緊手心，強裝鎮定，「他在問我題目。」

許爸爸懷疑，「妳同學怎麼這時候打電話給妳，男生還是女生？」

「是我同桌，一個女生。」

「不寫作業就去休息，別浪費時間。」

「知道了爸爸，我寫完物理題就睡覺。」

許爸爸眉目間依舊疑惑，但也沒多說什麼，把房門帶上。

許呦暗暗鬆口氣，那邊傳來一陣調侃的聲音，謝辭忍俊不禁：『妳剛剛嘰哩咕嚕講什麼呢？』

許呦和爸爸交談是用江南那邊的方言，在外人聽起來就像天書一樣。

他在那邊笑，也不知道在笑什麼，許呦就默默聽著。

「你打電話給我幹什麼？」她等他笑完，很平靜地問。

謝辭蹲在路邊，仰頭看黑壓壓的天。他拿著手機，把指尖夾著的菸摁滅在地上。

冷風吹過臉頰，灌進脖子。

『沒什麼，想妳啊，行不行？』

一圈好友還在桌上吃吃喝喝，飲酒歡笑，互相碰杯。食物的香氣、酒氣、菸味繚繞在一起，他卻越來越覺得這種活動無聊。

酒喝了幾瓶，菸抽了幾根。謝辭幹什麼都提不起勁，忽然想聽許呦的聲音。普通話不是很好的她，有時候氣急了，還是用那麼軟的嗓音結結巴巴地罵人。

他從外套裡拿出自己的手機，單手放在桌上，眼睛看著手機螢幕一遍遍地撥。

那邊一直不接，也沒掛斷。

宋一帆就坐在他旁邊，隨意一瞟就能看到聯絡人的名字。他想起謝辭之前的無數任，心裡不由一陣感嘆。

之前都是他們出來玩，那些女的動不動就打電話給謝辭，查勤或者膩歪幾句。

電話每次一來，謝辭就把手機放桌上，任由它響著，也懶得接。

他不加掩飾的敷衍直接激怒了當時還沒對象的宋一帆，就這種狗態度，居然還有女朋友。

宋一帆又是羨慕又是嫉妒地恨道：「電話這麼多，把女朋友一起帶出來玩算了。」

「有什麼好帶的。」謝辭毫不在意。

「談戀愛不黏人，你認真嗎，兄弟？」

在謝辭面無表情地撥出第四通的時候，宋一帆終於忍不住，嘲笑了一句：「兄弟，你還記不記得我以前跟你說的話？」

謝辭心不在焉，「什麼話？」

「認真了？」宋一帆試探性地問。

還沒等他繼續說完，就看到謝辭起身離開了座位，推開包廂的門出去。

不明情況的人互相看了兩眼，有人問：「小黑，阿辭為什麼走了？」

宋一帆慢悠悠地翹著二郎腿，裝腔作勢地嘆氣：「都是因果報應啊，你們辭哥他還債去了。」

§ § §

許呦眼睛一眨不眨地看著地，不發一言。那邊風聲有點大，偶爾還能聽到呼嘯而過的摩托車聲。

「我要掛電話了。」許呦說完，又停頓兩秒。

謝辭：『嗯？』

「沒什麼……」

他笑了一聲，『這麼早睡啊。』

許呦攥著手機，忍不住說：「現在一點都不早了，誰像你還在外面，玩到那麼晚。」

她說完，又好像意識到有點不妥，止住了話。

『好好好，行行行，您是乖寶寶。』他咳了一聲，語氣有點哄。

又是一陣安靜，許呦沒吭聲。

他忽然說：『我能不能去找妳啊？我想見妳了。』

許呦猜謝辭可能喝了點酒，這時候腦子不太清醒。

她淡淡地說：「你是不是有毛病？」

謝辭「呵」了一聲，被她罵了，不怒反笑：『妳下次再罵我一次，我就親妳十次。』

『信不信？』

門外父母在催，許呦應了一聲，想掛斷電話，手機離開耳畔時又聽到他說：『要怎麼樣妳才能和我在一起？』

她一愣。

『就給我一次機會成不成？』

『妳給我一次機會，我以後真的不纏著妳了，我保證。』

許呦的腦海裡想著一件事，有點出神。

過了許久，她輕聲問：「你要是做不到，真的不會纏著我了嗎？」

『……』

「謝辭？」

『大概吧。』

謝辭沒料到她會這麼快鬆口，反應慢了半拍，『也別太為難我啊。』

手指關節都被擰得發白，許呦看著窗戶，那裡有一塊小小的光影。她聽到自己說：「我要一盒真知棒[1]，你今天能買到，我就答應你。」

他掛電話前最後一句是，別睡，等我去找妳。

許呦關了燈，掀開棉被爬到床上，她手裡握著的手機還亮著。想到晚上吃飯時聽到的新聞，許呦打開網頁，輸入真知棒三個字。

相關搜索跳出來，第一條：20XX年，真知棒全城停產。

§　§　§

外面似乎下起了淅淅瀝瀝的雨，冷風拍打著窗戶，枝椏被刮斷在路中央。

許呦把身體蜷縮起來，一直睡得不太安穩。半夜時分，她被驚醒，腳猛地一蹬。

不知道為什麼，迷迷糊糊之間，許呦總覺得心裡有事。也說不上來到底是什麼，就是身體很無力，喘不上氣。

她翻了個身，鬼使神差的，把放在枕邊的手機拿起來。

凌晨三點，有一條未讀訊息。許呦沒反應過來，盯著手機，眼睛的焦距卻散開。她的手指下意識點開訊息，一行字跳出來：

『醒了就下樓。』

兩個小時之前傳的，許呦的腦袋還有點迷糊，沒反應過來現在是什麼情況。

不知道是不是真的有心電感應這種東西，就在她剛剛看完訊息，準備放下手機的時候，謝辭突然打了通電話來。

許呦被嚇了一跳，意識瞬間清醒過來。寂靜的漆黑裡，手機亮光不停跳躍。

她迅速地鑽進被窩裡，接通後低低地喂了一聲。

『接這麼快。』那邊像是低笑了一聲。

許呦不敢大聲說話，悶聲道：「都幾點啦，你幹嘛打電話給我？」

她怕聲音太大吵醒父母，於是換了個姿勢，跪趴在床上，頭埋在臂彎裡。不過，這樣能吸到的氧氣更少了。

謝辭若有似無地笑了一聲：『我都快冷死了，能不能快點下來。』

許呦以為他在說玩笑話。

「現在？」

『嗯。』

「現在？」她不敢置信，又問了一遍。

『嗯。』

「……」

等了幾秒，謝辭語氣認真地說：『真的，等兩個小時了，姊姊，還要不要妳的糖？都等到海枯石爛了。』

許呦先是一愣，訥訥地道：「我開玩笑的。」

『我當真了。』他聲音很淡，也不惱。

「對不起，你快點回家吧，我要睡覺了，再見。」許呦不敢等他出聲，急忙說完，迅速掛了電話。

心口砰砰直跳，等鑽出被窩，她才發覺自己有點缺氧。許呦張嘴，急促地呼吸幾口新鮮空氣。

許呦抱著被子坐在床上，愣愣地盯著眼前漆黑的空氣發了一會兒呆，睡不著。

雨點有點沉重地打在地上，像敲進她心裡。

社區裡的流浪狗又吠了幾聲，她還是下了床，披上衣服，按亮玄關牆上的燈，悄悄推開門。

下雨的凌晨，寒氣逼人。

許呦腳步輕輕地下樓梯，也不敢喊亮聲控燈，一隻手舉著手機，用微弱的光亮照路。

她精神緊繃，頭一次體會到做壞事的緊張感。

許呦家在四樓，她下了一層，又轉彎，再下一層。停在二樓的樓梯上，她的手緊緊抓著旁邊的扶手，探出腦袋透過縫隙想看一樓有沒有人。

外面下著傾盆大雨，一樓的樓梯口只有一盞燈。黯淡的昏黃燈光下，謝辭靠著牆，蹲在地上點了根菸抽。

空氣裡彌漫著一股淡淡的尼古丁味道，許呦單手捂住嘴。他仰著頭，吐出一口霧，就這麼轉過來，直直對上她的視線，黑髮全部被打濕，水珠從眼睛上滾落。

就這麼對視了一會兒，也不說話。

許呦是真沒轍了，這麼冷的天，這麼晚的夜，他身上都濕透了，外套上還有水跡未乾。腳邊有零零散散的菸蒂，謝辭在樓梯口不知道吹了多久的風。

「你……」

她內心鬥爭了一會兒，猶豫著走下去，到他面前。

「我不是讓你回去嗎……」許呦緊緊捏著手機，低下眼，避開他的注視。

她下來得匆忙，頭髮披散著，只來得及披上一件外套，拉鍊都沒拉上。裡面睡衣上的白色小兔子露出來，兩隻耳朵耷拉著，和主人一樣，有點垂頭喪氣的可愛。

夜裡寒氣濃重，謝辭側頭，咳了兩聲站起來。

他手背到身後，歪了歪頭看許呦，忽然笑出來：「猜妳的棒棒糖在哪隻手。」

那副樣子像是做對了事情，想得到大人表揚的小朋友。

在那一瞬間，許呦忽然覺得內疚了，說不出話。

謝辭就繼續說，「妳挺壞的啊，許呦。害我找遍全城，求了好多人，還淋了雨。」

「對不起……」

許呦茫然地看著他，「我沒想到你真的去買了……」

「我不管啊。」他神情有點疲倦，看著她，「左手右手？」

她手足無措地站在原地。

「算了，別猜了。」

謝辭等了一會兒，主動伸出右手，把真知棒遞到她面前。

蘋果口味的。

許呦終於伸出手去接，碰到他的指尖，冰涼涼的。

「對不起……」這是她第二次道歉。

謝辭靠近她，光線只照出他一小部分的側臉，鼻樑秀挺。

「噯，我不想聽對不起。」他在她耳邊低語，「妳說到做到啊，糖給妳，人就是我的了。」

「不行！」許呦想也不想就反駁，有點急了。

他動作一頓，她不知道說什麼好，躊躇半天，指甲摳著棒棒糖的糖紙。

「因為……因為……」

「因為？」

「就是……我……」

「妳說啊。」

「我說的是一盒，你只買到一個。」

許呦找不到理由了，隨便瞎扯。

「非要一盒，不能一個？」他輕輕問。

「嗯……」

「能不能通融通融啊？」

「不行的，我們說好的是一盒……」許呦喃喃地解釋，聲音因為愧疚變得很小很小。

「呿。」謝辭反而貼得更近，他身上潮濕的雨水味和清淡的菸草味竄進許呦鼻子。

「妳早點說啊。」謝辭的薄唇掀起一點弧度，冰涼的指尖碰了碰她溫熱的臉頰。

許呦後退半步，看到他伸出一直揹在身後的左手。昏暗光線下，他的中指上掛著滿滿一桶的真知棒。

許呦目瞪口呆，大腦當機。怎麼藏了這麼久……這個人……

「行了吧？別再折騰我了。」謝辭說。

他拉過她的手，掌心攏住她的指尖，隨即又笑了，「妳能不能給我乖一點，嗯？」

從小到現在，十六年裡，許呦不曾和哪一個男生這麼頻繁地親密接觸過。

她自己都沒發現，不知不覺中，自己現在很能容忍謝辭許多出格的舉動。

月光很淡，許呦沒有說話，也沒有動。過了許久，她猛地回了神，想抽出自己的手。

謝辭不放手。她低頭咬著唇，掙扎著用了點力。他也執拗起來，死死捏著許呦的手不放。

「我現在……沒有考慮這種事情。」許呦低下頭，不敢看謝辭的眼睛，「能不能以後再說這個問題？我覺得我們太小了，而且認識的時間也太短了，其實你並不瞭解我，這樣太突然了，真的很突然……這樣不合適……真的……學習才是最重要的……」

靜靜的深夜，她聲音刻意地壓低，絮絮叨叨，話語卻顛三倒四的。

謝辭倚著牆，拉著她一隻手，時不時側頭咳嗽幾聲，也不知道聽進去多少。

折騰到這麼晚，許呦說完一大串話也身心疲憊。她默默接過他手裡那桶真知棒，抱在胸前，另一隻手拿著手機，「早點回去吧，吃點感冒藥，我要上去了。」

「妳不想當我女朋友……」謝辭的視線停在她身上，頓了一會兒，慢慢地說：「也沒用。反正我耐心不好，妳現在可以不接受我，我能等一段時間讓妳適應，其他免談，反正妳是我的。」

明明說起來也沒認識多久，他卻不知道對許呦哪來這麼強的占有欲，甚至無時無刻都想親近她。

喜歡她，就很直接，毫不拐彎抹角，連掩飾都懶。

許呦知道不能和他講道理，也自知今晚理虧。她悄悄嘆一口氣，勸道：「你先回去吧，鬆手，我真的要上去了。」

謝辭剛想說話，又偏過頭咳嗽兩聲。咳完了，他才慢悠悠地道：「給我抱一下就走。」

他的臉皮已經越來越厚了，提這種要求已經非常坦然：「真的就抱一下，不做別的。」

許呦沉默不語。

「保證不親妳。」他笑了一聲。

「我手裡抱著東西。」她說。

謝辭不想廢話，長臂一撈，把她後背摟進懷裡。

§　§　§

週一就是考試。這次考三天，星期一到星期三。

星期三是耶誕節，許呦考完最後一場英語回教室，看到黑板上用彩色粉筆寫著巨大的 Merry Christmas。

班裡吵吵鬧鬧，由於節日到來，考試又剛結束，大家心情都比較愉悅。

因為教室要當考場，班上桌椅被打亂順序，許呦的書桌在倒數第一排。

她走回自己位置上，突然有人叫道：「許呦。」

許呦回頭，發現是班上一個不太眼熟的男生。那個男生似乎有點羞澀，站在許呦身後，比她高了半個頭。

教室裡人不算很多，三五個聚在一個位置上對答案。

許呦莫名所以，小聲地問：「怎麼了嗎？」

男生撓撓頭，把手裡提著的一個小禮盒遞給許呦，嘿嘿笑了一聲，「聖誕快樂。」

她措手不及，往後退了兩步擺擺手：「不行不行，我不能要。」

「沒事，一個蘋果而已。」那個男生想把東西直接塞進許呦懷裡。

班上有人看到這一幕，好事地吹了一聲口哨：「哎喲，學委春心蕩漾啊，大庭廣眾調戲人家妹子呢。」

許呦正推拒著，聽到教室外面鬧哄哄的，是班上一群去打籃球的男生回來了。

她沒在意，身後突然傳來一聲巨響，是籃球猛地砸在教室後門的聲音。

這麼大的動靜，把大多數人都嚇了一跳。

許呦回望，一眼就看到謝辭。他大冬天的，身上就穿著個黑色的短袖運動衫，沒什麼表情，盯著這邊看。

兩人的視線不偏不倚地撞上，許呦怔怔地看著他，心底莫名心虛。

那群跟在他身後的打籃球的男生也不知道發生了什麼，面面相覷，不知道誰又惹到他了。

學委自然也不知道是怎麼回事，一臉懵，就看到謝辭一臉似笑非笑地問兩人：「你們在幹嘛呢？」

在他旁邊站著的宋一帆暗叫不妙，這學委是不是書讀傻了？全班都知道謝辭看上許呦了，他還敢去招惹……

「別激動，別衝動，衝動是魔鬼。」

宋一帆趕忙上前一步，拉住謝辭的手臂，「兄弟，冷靜冷靜，來跟我深吸一口氣。」

謝辭甩開他的手，輕罵了一句：「滾。」

許呦不知道為什麼，總有一種做賊心虛的感覺，像幹了什麼虧心事被發現了一樣。

她低下頭，匆匆走回自己座位上。

晚上是英語晚自習，因為耶誕節，老師提前批准今天晚上在班上播電影。

考完試大家都去吃飯了，座位也就沒換回去。

冬天總是黑得特別快，才六點，外面的天色已經完全暗了下來。教室裡的燈關掉了，一片漆黑。英語課小老師把電腦搬到講臺上，打開投影機，蹲在那設定。

英語老師中途來過一次，簡單交代了幾句，讓他們看電影的時候安靜一點，不要吵到其他班的學生，然而並沒有人把老師的話放在心上。

不知道黑暗是不是能讓年輕人更興奮，電影一邊放，班上就跟菜市場一樣吵，氣氛躁動。

許呦本來想去前排坐著一心一意地看電影，結果付雪梨跑來找她玩。她坐在許呦前面同學的位置上，一邊啃蘋果一邊和許呦閒聊。

今天晚上大家的情緒都分外高漲，某個角落不時響起幾聲歡笑。

付雪梨低頭看著手機，突然想起分科的事情就隨口問了一句：「小可愛，妳以後文理科打算選什麼啊？」

「理科吧，妳呢？」許呦單手托腮。

「喔……」

付雪梨放下手機，想了一會兒，「許星純要讀理科，但是我打算讀文科。」

別人的私事或者八卦，許呦很少過問，她點點頭。

付雪梨繼續說，神色略為複雜，「但是……謝辭估計也要選文科……」

突然提到他，許呦安靜兩秒，點點頭，「嗯。」

手裡的大蘋果被一點一點地啃乾淨，付雪梨躊躇了半天還是問：「呦呦啊，妳和謝辭……就是……」

她組織語言半天，還是不知道怎麼說，「嗯……就是……妳會不會覺得很耽誤時間？」

「啊？」

許呦有些尷尬，付雪梨身子往她那邊一側，還欲再說，眼角餘光就看到教室後門打開，她止住了話。

一群浩浩蕩蕩的男生陸陸續續走進來，他們應該剛在外面吃完飯，身上有味道。

過了一會兒，付雪梨就被人叫過去。

一出去，是其他班的朋友送蘋果來給她。

付雪梨舉著手裡的果核示意，「剛剛吃飽了。」

陳晶倚笑著：「再吃一個嘛，留著也行。」

她把小禮盒塞到付雪梨懷裡，狀似無意地問：「宋一帆他們在不在？」

付雪梨知道她醉翁之意不在酒，懶洋洋地打了個哈欠說：「謝辭他們剛剛出去了，妳晚點再來。」

前面沒人聊天，許呦就繼續專心看電影。

只是她的位置實在太後面了，身邊的男生很鬧，不知是誰還帶了手電筒，一圈人圍著打牌。

許呦考慮著要不要把椅子搬到前面一點。

因為教室座位還沒換過來，依舊是考試時的單人單座，她還坐在後面。

她眼神正逡巡著，看有沒有合適的位置，就感覺旁邊站了一道黑影。

「找什麼呢？」謝辭沉沉的嗓音從上方傳來。

許呦不敢抬頭，也沒說話。

謝辭用腳隨便勾了一張椅子過來，大大咧咧地在她旁邊坐下，兩條長腿就這麼放在走道上。

「你幹嘛啊？」許呦忍不住小聲地問。

反正黑暗裡她也看不太清他的表情，膽子就稍微大了一點。

謝辭看著她卻不說話。許呦被他這種目光看得背後有些發毛，還好這時候有人叫了他。

§ § §

最近天氣變得越來越冷。

許呦從小在南方長大，冬天的氣候一般都比較溫和濕潤。這幾天臨城的溫度驟降，直逼近零下，讓她有點不適應。

她一到換季的時候就特別容易感冒，早上出門前陳秀雲幫她圍上一圈寬毛線織的綠色圍巾，囑咐道：「中午就到食堂吃，天氣預報說今天會下雨帶著雪，路上小心一點。」

許呦蹲在玄關處換上小靴子，她聽話地點點頭，「曉得啦，媽媽。」

南方那邊很少見到雪，反正在許呦從小到大的記憶中，她幾乎沒看過書中「雪晴雲淡日光寒」這般的場景。

走到街上，屋頂上和地上已經鋪了薄薄一層白色的碎雪，鞋踩上去有咯吱咯吱的輕響。

許呦覺得新奇，她戴著毛絨絨的手套，捧了一把雪，手撐著傘，一路上都在研究雪花的形狀。

一路走過去，她隱約覺得有點奇怪，又說不上哪裡奇怪。

等到了學校，才發現今天校門口有紅背心的學生執勤。紅背心是高一學生會的，管學校風紀。他們手裡拿著小本子，偶爾攔住經過的學生。

許呦把傘用肩膀頂著，卸下一邊書包，低頭在一堆書裡翻找自己的名牌，翻了一會兒沒找到。

她覺得手套礙事，摘了之後繼續摸索。翻了個遍，還是沒有。

許呦抬頭想了一會兒，心裡暗叫糟糕。肯定是昨天沒把名牌裝進書包裡，落到教室裡面了。此時距離上課還有十幾分鐘，她怕被記名字會扣班級的分，只好在原地徘徊，進退兩難。

正糾結時，不遠處傳來一道熟悉的調侃聲音：「哎喲，您全副武裝地站在校門口，是準備炸學校嗎？」

許呦猛然抬頭，看向聲音來源。

謝辭朝她這邊走過來，旁邊還跟著兩個她不認識的男生。

「謝辭！」她眼睛一亮。總算看到一個同班同學，也顧不上什麼了，兩步跑上前說：「你能不能幫我個忙？」

謝辭後退兩步，雙手插在口袋裡，低頭打量傘底下的她，也不說話。

許呦被看得不自在，不禁後退兩步，「你在看什麼？」

「我說妳……」他歪著頭，玩味地道：「怎麼裹得像隻熊？」

許呦：「……」

旁邊兩個男生噗嗤一聲笑出來，謝辭淡淡看了他們一眼。

許呦頭上戴著帽子，圍著巨大的毛線圍巾，遮去了半張臉。烏髮軟趴趴地垂在臉頰邊，只留下一雙黑漉漉的眼睛。

就這麼一點雪，還撐著一把傘，遠遠看過去真的很搞笑。

「我怎麼了？」許呦不知道發生了什麼，弱弱的聲音從圍巾裡傳出來，有些鬱悶地瞪著眼前的人。

她自己沒發覺，她現在這個樣子就像是受了委屈的小貓咪。在外人面前就啞了火，只敢對著主人發脾氣，喵喵嗚嗚，張牙舞爪嚇唬人。

謝辭貌似正經地說：「妳一路過來，除了妳，還有誰撐傘？」

許呦愣了三秒鐘，怪不得今天總感覺別人老看她……

許呦急忙收起傘，有點尷尬，「這樣很奇怪嗎……我以為下雪都會撐傘。」

她正經八百不好意思的樣子實在有點可愛，讓人忍不住一逗再逗。

於是謝辭原本要說的話，到嘴邊就變成了：「妳這樣真是太奇怪了，媳婦，幸好妳提前碰見我了，不然晚點進學校還要被人嘲笑。」

「你能不能別亂叫？」

眼見時間也不多了，許呦突然想起來她還沒有名牌，不由得著急地說：「對了，你能不能去教室把我桌上的名牌幫我送過來，我現在進不去了，門口有人在登記名字……」

聽了這句話，謝辭不由得笑了，「要名牌幹嘛？」

他略一伸手，勾過她的脖子，低聲在耳邊說：「叫聲哥哥就帶妳進去。」

這個時間，校門口已經沒剩多少學生了。

許呦急了，這個人真是……

她後退幾步，用傘抽了他手臂一下，很嚴肅地說：「我沒心思跟你開玩笑，要遲到了，快點快點，真的要遲到了。」

語氣很焦急，一下重複了兩遍。

謝辭終於不再繼續逗她，轉身往前走，丟下一句：「誰跟妳開玩笑。」

許呦跟在謝辭後面，做賊心虛地低下頭，腳步匆匆走過校門。

也不知道是不是學校裡每個人都認識他，值班的人果然不敢攔住他們。

許呦進校門後，一個轉角走過噴水池，她就拔足狂奔，朝教學大樓那邊跑。謝辭被遠遠拋在身後，連一句話都沒來得及喊出來，她就已經跑遠了。

1 真知棒：棒棒糖品牌。

第九章

「你才不是我男朋友。」
「那誰是妳男朋友？」
「我沒有男朋友！」
「喔，那妳現在有了。」

上午時間過半，外面的雪越下越大。遠遠看著，天地都白了一片。

教學大樓開了暖氣，教室裡面熱乎乎的，玻璃窗上都有一層水氣。

較長的下課時間有四十分鐘，加上下一節課是體育課，班裡很多人跑去下面打雪仗。

許呦趴在桌子上睡了一會兒，醒了之後揉揉眼睛，發現周圍都沒人。

鄭曉琳重感冒，人不太舒服。她就坐在座位上寫作業，也沒下去。

看許呦醒了，鄭曉琳對她說：「妳睡了好久喔，都快上下一節課了。」

許呦拿出上一節課剛講完的考卷和改錯本。她打了個哈欠，翻開本子，「外面太冷了，我覺得自己都要冬眠了，然後變成一隻小動物縮起來……」

「噗！」鄭曉琳笑出聲來，「妳怎麼這麼可愛啊，時不時給我一種冷幽默的感覺……」

和許呦相處越久，她越發現這個女孩有一種一本正經的萌感。

有時候冷不丁地說出一兩句話來，能讓人笑得停不下來。

「為什麼你們冬天不用空調啊？」許呦一邊抄題目，一邊和鄭曉琳聊天，「我覺得好奇怪，還有暖氣片這種東西……真是太神奇了。」

「你們那邊沒有嗎？」鄭曉琳正在看手裡的雜誌，側頭問：「你們那邊到了冬天沒暖氣？」

許呦搖搖頭，「我以前聽別人說暖氣，一直以為是空調的意思……」

「噗……」

「然後到了這裡，才知道暖氣是用熱水燒的，可以流通整棟樓。」

兩人又東扯西拉聊了一會兒。

「對了！」鄭曉琳想起一件事，「聽說我們年級的〇班學生名單好像出來了……」

「妳肯定在裡面。」

「啊？」

「妳之前是不是填過一個表格，就是問妳志願之類的？」鄭曉琳問。

許呦點頭。

「那就對了，妳肯定要進〇班的。」

隨著十二月月考成績出來，按照一中以往的慣例，理科重點班的學生基本上已經塵埃落定，這個班是按照學生九月到十二月的學年排名平均計算出來的。

今年學校特別隆重，還請了個道士來做法，算卦算了半天，最後敲定今年理科衝刺班班級數字是零。

這件事被人不知道暗地裡吐槽了多久。

許呦十二月月考成績出來，依舊是年級前幾，如果選理科，毫無懸念肯定會進衝刺班。

鄭曉琳自言自語道：「唉……以後就看不到妳了，妳是我見過講解題目最仔細，最有耐心的學霸了……」

她說著又咳嗽兩聲，「不行了，我喉嚨好痛，我得去找老班請個假……」鄭曉琳收拾書本。

許呦仰頭看她，「要不要我陪妳去保健室？」

鄭曉琳擺手：「不用了，我沒什麼事，就是想回去放鬆放鬆。」教室裡面就剩下兩三個人。許呦考卷錯的題目不多，她把錯題改完，又到題庫上找了同類型的題目練了幾題。

越寫，手心裡的汗越多，教室裡太熱了，許呦穿著厚厚的羽絨衣，由於怕冷，她還穿了兩件毛衣，這個時候真是悶死了。

她又不敢脫了外套，怕感冒，就只把拉鍊敞開。

寫著寫著，她漸漸停筆，側頭看向窗戶。

許呦摘了圍巾離開座位，趴到窗臺上，開了一點縫隙。涼颼颼的空氣鑽進來，吸進肺裡很涼爽。

她用指尖從窗沿上沾了一小撮雪，湊到鼻子底下聞，又放到指腹上看，就這麼自娛自樂，玩得不亦樂乎。

在那裡不知道玩了多久，突然有笑聲傳來。

許呦不明就裡，先是抬頭往後面看。謝辭坐在桌子上，腿伸直，不知道看了多久。外套被丟在一邊，他身上就穿個灰色的低領毛衣，下巴到鎖骨的曲線凌洌分明。

她臉被熱得很紅，看著他，兩人安靜地對視了一會兒。

謝辭笑著問：「沒玩過雪啊？」

許呦搖頭，繞過他走回自己的座位上。

走到位置前，她一愣，一個縮小版的雪人正立在她書桌上。像個葫蘆的形狀，插了兩根小樹枝當手腳，小雪人臉上被劃出一道潦草的笑臉。

許呦看了這個醜不拉幾的小雪人幾秒鐘，「你捏的啊？」她轉過頭來問謝辭。

他沒出聲，伸出手，趁她不備放到她溫熱的頸項處。

冷熱猝然相貼，謝辭的指尖像冰塊。

他懶洋洋地說：「不然呢？手都要凍死了。」

「喂！很冷的啊。」許呦小聲驚呼，迅速把他的手給扯下來。可是她的手暖暖的一小團，謝辭反手抓著就不想放。

「太冰了，你快點放開我！」

他的手指就像在冰窖裡凍過一樣，她覺得太冷了，手不由得蜷縮起來，轉動著手腕想掙脫。

謝辭微微傾下身，認真看著她的眼，「還不是為了幫妳捏那個破雪人，怎麼這麼沒良心啊，小壞蛋。」

「壞你個頭，你才是壞蛋。」

謝辭笑了一聲，「好，行，我是壞蛋，您是小可愛，成了吧？」

他把「小可愛」三個字拖得尤其長，還故意升了個腔調，讓許呦瞬間紅了臉。

「你這個人真的好奇怪，怎麼老喜歡亂叫。」她凶巴巴地衝謝辭吼了一頓，猛地抽出手，快步回到座位上。

他們以前坐前後座時，付雪梨天天這樣叫她。女生之間這樣叫沒什麼，被謝辭這麼一叫倒有了點別的意思，反正聽著就很彆扭。

謝辭跟著過去，坐到鄭曉琳位置上。

「你幹什麼？」許呦收書的手一頓，眼睛朝他睨過去。

「不知道啊。」他打了個哈欠，一貫地漫不經心。

許呦無語了，又問：「那你坐在這裡幹嘛？」

謝辭趴到桌上，頭枕著手臂瞧她，懶洋洋地問：「除了看妳還能幹什麼？」

她轉過頭，不搭理這個人。

§ § §

這節體育課是在室內打排球。

付雪梨從小身體素質就不好，又是怕累的懶骨頭，她趁著老師不注意，偷偷溜到一邊坐著。不過場館裡太悶，她憋得不舒服，去更衣室拿了外套就出去外面透氣。

操場上逛了兩圈，空氣很新鮮。

付雪梨低著頭，在雪地上踩了一長串腳印。她單手扶著腰，一回頭就看到許星純跟在不遠處。不知道跟了多久。

「幹嘛？你要嚇死我啊。」

許星純站在原地，沒說話。

「不許動啊！」付雪梨揹著手，小跑過去。

她笑靨如花，讓許星純一時間有些怔住。下一秒，一團冰塊就被塞到後頸。

他皺眉，拉住她手腕。

「我故意報復你的。」付雪梨哼了一聲，撇起嘴。

許星純皺眉。

付雪梨把圍巾取下來，扯下毛衣領口，指著脖子上那塊紅痕，「都怪你，我現在都只能穿高領毛衣了。」然後她接著說：「你對我越來越不好了，許星純，我決定要分手。」

許星純不理她這番話，把她帶到懷裡，親自動手把圍巾一圈圈圍好。

直到她聲音都被悶住，他才罷手，「妳這麼嬌氣。」

許星純話還沒說完，付雪梨就氣得拍了一下他的背。

他不著痕跡地牽起嘴角。被人摟在懷裡，她一時間忘了發脾氣。

等想起來，付雪梨蹭地抬起頭，扯住許星純的頭髮，「喔，對了，我可想起來了，我還在生氣呢。」

「你下次，再在我面前和別的女生講話。我說的就是隔壁班的那個，你們倆要是再在教室門口嘰嘰歪歪，就等著完蛋吧，我跟你說。」說到這件事，付雪梨就一肚子火。

許星純說：「他們班……」

「停。」付雪梨不管不顧，嚷嚷道：「除了我，你不准和別人講話。」

「好。」

她被人不動聲色地從十三歲嬌慣到現在，完完全全是隨心所欲地活，自己都沒發現對許星純有一種刻在骨子裡的依戀。

§　§　§

體育課快結束了，陸陸續續有人回來班上，謝辭則趴在許呦旁邊的桌子上睡覺。

她神情專注地寫習題，直到旁邊路過的人小聲提醒：「哎呀，許呦，妳雪人都要融化了。」

許呦這才抬頭，醜醜的小雪人還立在桌角，桌面上那一小塊地方都被融化的雪打濕。

她放下筆，兩隻手指輕輕捏起小雪人，托在掌心裡。

外面還在不停地飄雪，走廊的人很少。冷風吹過，許呦縮了縮脖子。她踮起腳，手臂穿過欄杆，把雪人安置在一個堆滿雪的小角落。

雪人手臂的小樹枝歪了一點，她伸手把它扶正。弄好後她轉身準備回教室，被一個人攔下。

一位很陌生的男生，挺帥的。大冬天穿著黑夾克，個子很高。

「小同學，可以幫個忙嗎？」曾麒麟低頭打量著許呦。

他心想，這女孩怎麼看起來這麼眼熟呢……

「什麼忙？」

許呦被看得不自在，往旁邊站了一小步。

「喔。」

曾麒麟移開視線，探頭朝教室裡看了看，「謝辭在你們班是吧？能幫我叫他出來嗎？」

謝辭惺忪睡眼地走出教室，抬頭就看到曾麒麟靠著欄杆打電話。

「滾過來。」曾麒麟抽空瞟了他一眼。

謝辭單手撐在門框上，揉了揉頭髮，「好冷，我進去拿個外套。」

「什麼事啊？」謝辭披外套出來，看到曾麒麟掛了電話杵在那裡。還沒來得及反應，曾麒麟隨手抓了一把雪就往他身上扔，「你他媽的。」

要說謝辭從小到大害怕的人，真沒幾個，不過曾麒麟絕對包含在內。他們倆兄弟從小就是家裡的混世魔王，大魔王帶著小魔王調皮搗蛋欺負同齡小朋友。曾麒麟小時候去學過跆拳道，打架什麼的都是一流好手，反正謝辭打不贏，還沒少挨揍。

「有病啊，我怎麼了？」謝辭撣乾淨身上的雪屑，怪不高興的。

曾麒麟「呵」一聲，「你現在脾氣挺大的啊，小鬼。」

「找我幹嘛？」

「你說呢？」

曾麒麟低頭掏出一盒口香糖，倒了兩粒到手心，「昨天又和你媽……」

他一副促膝長談的樣子，謝辭趕忙道：「停，我沒時間和您在這裡交心。」

曾麒麟笑罵一句，「我就問你，你爸後天過生日，你回不回家？」

謝辭低頭看手機，沒說話。

曾麒麟朝他後腦勺拍了一巴掌，像訓小孩似的，「問你話呢，玩什麼手機。」

「回屁回啊。」謝辭不耐煩，嘴一撇。

曾麒麟嘖了一聲後說：「算了，先不說這個，我找你有別的事。」

「什麼事啊？」

「你現在還天天送你們班那個妹子回家嗎？」曾麒麟嚼著口香糖，問得有些口齒不清。

謝辭說：「許呦？送啊。」

「以後不用送了，那兩個人解決了。」

「解決了就解決了唄。」

「什麼意思？聽你的語氣，你好像挺不在意啊。」

謝辭嗯了一聲。

曾麒麟氣笑了，又忍不住罵了一句，「你以後打人下手輕一點，有沒有分寸，差點鬧出事。」

正說著，歷史老師夾著電腦從樓上走下來。

歷史老師經過他們身邊，對謝辭說：「還不進去上課，站在這裡幹嘛呢？」

第五節課是歷史課，老師放了「金磚五國」的紀錄片。

老師在講臺上放，底下就在聊天，吵得不得了。

反正這種課，老師管得也不嚴，學生就隨便亂換位置，關係好的湊一堆。

謝辭本來還想繼續坐許呦旁邊呢，結果一進教室，鄭曉琳的位置被付雪梨霸占得好好的。

「妳怎麼回事？」

謝辭不滿，退而求其次，在許呦身後的位置坐下。

「我還要問你呢。」付雪梨無語地看著好友，故意揭短，「我以前真沒發現你這麼黏人。」

天天纏著許呦，不管是上課還下課，沒完沒了。

謝辭不知道誰說的話，想了想，隨便回了一句：「談戀愛不黏人，妳認真嗎？」

付雪梨被噎住，「不是，你和誰談戀愛了？」

「和妳旁邊的人啊。」謝辭戳了戳許呦的腰。

許呦怕癢，一躲，轉過來，「幹什麼？」

謝辭樂了，垂眼看她，「我是妳男朋友啊，是吧？」

「你才不是我男朋友。」

「那誰是妳男朋友？」

「我沒有男朋友！」

「喔，那妳現在有了。」

「……」

許吻面無表情，又把頭轉了回去。

沒過多久，謝辭又趴到桌上補眠。他嫌冷，就扯過許呦垂在身後的圍巾，拉起一個角在桌上墊了一圈，許呦一直沒發現。

「呦呦，來幫妳做個測試。」

許呦的視線從書上移開，看向付雪梨：「什麼測試？」

「測試妳未來另一半的性格類型。」

許呦聽了直擺手。

「好不好嗎？就幾道題目，做起來很快的。」付雪梨央求。

許呦最後還是抵不過付雪梨糾纏，她用鉛筆，一題題勾畫那些五花八門的問題選項。

Q：你是否很難做出決斷？

Q：你覺得自己依賴人嗎？

Q：如果你擁有一個花園，你會選擇種什麼花呢？

這都是些什麼東西……

許呦把做完的題目交給付雪梨，最後瞄了一眼紙上顯示結果的那幾大類型。

頹廢型、陽光運動型、幽默風趣型、冷酷型、浪漫型、孩子氣型、滄桑型、港灣型……

付雪梨接過來，趴到桌上給許呦算結果，邊算邊止不住地呵呵笑。

許呦看她笑得停不下來，莫名其妙。

「結果顯示。」

「什麼？」

「妳喜歡的竟然是A類型的男生。」

「A類型？那是什麼……」

「頹廢型。」

許呦有點心不在焉：「我……」

付雪梨逗她，「妳什麼？」

許呦立即呦搖了搖頭，「我覺得有點不準。我如果喜歡，應該是身體健康一點，喜歡鍛鍊，陽光一點……」

女孩子之間討論這種事情，有時候話題會像脫韁的野馬，越說越過分。

反正教室很吵鬧，說話也沒什麼顧忌。

「其實女生內心的最愛都是頹廢型。」付雪梨開始頭頭是道地分析起來。

「嗯。」付雪梨在腦海裡尋找例子，想了半天，她眼睛一亮，在許呦耳朵旁邊說：「就比如謝辭這種男生。」

「啊？」

「對的！」

「他……」

「妳剛來不知道，謝辭其實挺多人喜歡的。」

付雪梨聲音很小，「妳覺得他不帥嗎？就那種冷頹的氣質，還有點小壞的味道。」

許呦一愣，還是呆呆的，腦海裡想起對謝辭的印象。

高瘦，很白，不管是熱是冷都喜歡穿短袖。外套總是穿得鬆鬆垮垮，拉鍊也不拉好。

玩世不恭，笑起來吊兒郎當，愛耍嘴皮子。

付雪梨忽然笑了一下，「嘿嘿……」

趁許呦還在恍神，她問了一句：「呦呦，妳以後要找北方男朋友還是南方的？」

「不知道……我沒想過。」

付雪梨揉揉她的頭髮，「找個北方男人，疼老婆。」

「而且……我們北方人……都挺喜歡運動，身體素質挺好的，以後生孩子也好。」

「噗──」許呦差點沒噴出來，「為什麼生孩子也好……」

她不怎麼懂，付雪梨還沒開口解釋，一直趴在桌上閉目睡覺的謝辭，終於忍不住彎起嘴角。

他突然抬起頭，對付雪梨說：「噯，妳挺壞啊付雪梨，教壞人家小朋友。」

付雪梨嚇了一跳，手往桌子上一拍，「你什麼時候醒的！」

謝辭起身，斜靠在後面的桌子上，似笑非笑地說：「就你們說生孩子啊。」

「——噗！」這回付雪梨也沒忍住，一下子噴笑出來。

旁邊正在打撲克牌的李小強轉過來，對謝辭拋了個媚眼，「辭哥，偷聽人家女孩子說話，你很壞壞喲。」

謝辭反手丟了一本書砸過去。

吵鬧聲裡，許呦一直都低著頭，就是那紅紅的耳尖透露著主人此時此刻害羞的心情。

§ § §

因為下午要體檢，上午提早一節課放學。

許呦回家吃中飯，一打開門就發現氣氛有些不對勁。屋裡沒煙火氣，有種詭異的安靜。

陳秀雲紅著眼眶坐在沙發上抹淚，低著頭不言不語。許爸爸也蹙著眉頭，坐在另一邊拿著手機打電話。

「爸……媽？」許呦心一沉，換了鞋小跑過去，連書包都沒來得及放下。

陳秀雲抬頭看到許呦，張口想說話，一個字還沒說出來，眼淚就先掉下來。

「媽？妳怎麼了！」許呦怕了，跪到母親面前用手幫她抹淚，「媽，到底怎麼了？妳別哭……」

許爸爸掛了電話，重重地嘆一口氣，「中心醫院那邊說還沒脫離生命危險，肇事者逃跑了，還沒找到。」

生命危險……肇事者逃逸……

許呦焦急地仰頭問：「爸爸，到底怎麼了？」

陳秀雲滿腹心事，搖搖頭，三言兩語簡單地說：「妳外婆……她早上出門買菜，被一輛摩托車撞了，現在被送進醫院裡，還在搶救……」

話說得斷斷續續，一度哽咽。

許呦愣愣的，以為自己聽錯了，大腦一片空白，反應了許久，「……我能回去看看阿嬤嗎？」

許爸爸菸一根接一根地抽，靜默了一段時間，沉著音道：「妳去了能幹什麼，好好上學，小孩子別操心這種事情。」

「可是阿嬤……」

「要妳別管了！」許爸爸一副不想再談論這個話題的樣子。

沒想到這句話讓陳秀雲突然爆發，恨聲道：「別管別管！我爸都死了那麼多年，你心裡還要記恨多久……我媽現在……」她說著說著就說不下去了，捂住臉小聲啜泣。

§ § §

「喂喂，妳知不知道許呦怎麼了？」

宋一帆低聲問付雪梨。

「我不知道啊，剛剛問了半天，她也不說……」付雪梨嘟囔。

從下午一來，許呦就明顯很不對勁，一直低著頭魂不守舍的，別人問她她也不說。

剛剛檢查完視力的時候，還盯著視力表走了幾次神，被醫生詢問了幾次才反應過來。

現在在抽血，九班的人都在排隊。

等輪到許呦，一個年輕的女護士戴著口罩打量了她兩眼，問：「同學，妳是不是貧血啊？」

她的臉色實在蒼白得有點嚇人，許呦搖搖頭，脫掉外套坐到椅子上，把毛衣袖子捲起來，露出細瘦的一條手臂。

那個女護士低著眼，拿起旁邊的橡皮筋紮緊許呦的手臂，然後拿起酒精棉球在上面擦，找她的血管。

找了半天，女護士湊上去又仔細看，皺著眉道：「哎喲，妳血管太細了，針不太好找位置。」

說著，女護士撕開包裝袋，用拇指按住推管，針尖抵住許呦手臂上的皮膚。

慢慢刺穿，第一次扎歪了，血珠冒出來。

許呦咬緊唇，閉著眼轉過頭去不敢看。後來又試了兩三次，針頭每次都扎不準血管的位置，無奈之下又換了另一隻手臂抽血。

排在許呦後面的女生看得心都揪起來，背後汗毛豎起。

那白白細細的小手臂，已經被針扎得青紫一片。

最後謝辭也忍不住，從隊伍裡探出頭對前面喊：「我說妳行不行啊？要把人手臂扎穿了才算完事嗎？」

女護士面子也有點掛不住，翻了個白眼。

站在謝辭後面玩手機的徐曉成趕忙拉住要發飆的人，「哎喲我靠，你先別激動別激動，公共場合，我們對醫生尊敬一點。」

折騰了大半天，許呦兩個手臂被扎得都是針孔，用膠帶綁住一圈棉花止血。

還好抽血是體檢最後一項，弄完以後，她一句話沒說，披著外套就從體檢廳出去了。

外面風很大，吹得外套搖搖欲墜，刮過臉頰，掀起髮絲。

許呦低著頭，安靜地走，一直走。

遠處籃球場隱隱約約有嬉鬧聲傳來，全被她拋在身後，終於走到沒人的位置。

她蒼白著臉，渾身失去了力氣，雙臂抱著腿，蹲在地上。不知道蹲了多久，腳已經麻了。忍在眼眶裡的淚水終於控制不住，全部湧出來。

她不敢哭得太大聲，只能把啜泣噎在喉嚨裡，一下又一下地抽動肩膀。

憋了一下午的情緒接近崩潰，知道外婆出事，許呦的心都要碎了，腦子裡都亂了套。她想去看外婆，可是中午父母又爆發了激烈的爭吵，許呦就不敢再提……

可是事情悶在心裡發酵，讓人越來越難受。

不知道為什麼，許呦越哭越停不下來。她一開始只是想找個沒人的角落平復心情，不想面對他人的詢問和關心，也沒有力氣解釋這些。然而現在一個人，悲傷的情緒都要把整個人淹沒了。

臉頰都被淚淌濕，哭到後來，她乾脆坐到地上。

許呦哭了不知道多久，直到手腕被人拉起來。她很遲鈍地抬頭，淚眼朦朧，謝辭的身影立在眼前。

「妳怎麼了？」他問。

許呦懵了一會兒，連忙用手背胡亂地擦淚，可是越擦越止不住地流，真是要命。

謝辭皺眉，蹲下來，又問了一遍：「妳怎麼了？」

許呦只是搖搖頭，泣不成聲，於是他就耐著性子等著。

等到最後，許呦終於忍不住，忽然小聲地喊他名字。

她哽咽地說：「謝辭，我外婆出事了，我好怕……」

「阿嬤年紀很大了……我想去看看她……我爸爸不準……可是我想我阿嬤了，我怕再也看不到了……」

實在是找不到人說了，她說得斷斷續續，快要喘不上氣。謝辭總算抓住了重點。他被許呦哭得心疼，立刻拿出手機問：「好好好，別哭了，去哪裡看妳外婆？」

看她愣愣地，謝辭啞著聲音又問了一句，「妳以前讀書的地方？」

許呦濕著眼，沒反應過來，點點頭。

「叫什麼？」

「溪鎮。」

沒過幾分鐘，謝辭把她扯起來，「機票訂好了，走。」

「要去哪裡？」許呦臉上淚跡未乾，手被拉住，慌忙地跟著謝辭跑起來。

「找妳外婆啊。」他頭也不回。

兩人在校園裡狂奔，一路人上引來路人紛紛回首。

跑得那麼快，心臟疼得彷彿就要跳出喉嚨。剛剛一場沉重的哭泣實在太耗費體力，許呦整個人都虛軟無力。

「謝辭、謝辭。」她氣喘吁吁，仰著頭說：「先停。」

「我身分證還在教室裡。」

謝辭問清楚具體位置，掏出手機打電話給付雪梨，那邊很快就通了，『喂？』

謝辭：「許呦的身分證在書包裡，幫她拿下來。」

付雪梨：『……』

「聽到沒有？」

付雪梨問：『你拿她的身分證幹什麼？』

「反正不是結婚。」

『結婚要的是戶口名簿，智障。』

謝辭皺眉，「快點啊，很急。」

§ § §

兩人停在學校奶茶店門口。許呦的心砰砰跳著，她捂著胸口，感覺呼吸都不太順暢，「我們這樣是不是不太好……」

許呦被風一吹，腦子稍微冷靜了一點。就這麼莽撞地回去，學校和父母都不知道。她要是晚上不回家，白天又不在學校，肯定會出事。不論出現那種情況，都會變得一團糟……

謝辭抬了眼皮去瞅她，「機票都訂好了。」

許呦一陣沉默後：「你怎麼訂的？」

「花錢訂啊。」

「我是說，」她看著他的眼睛，「你怎麼知道我的身分證？」

謝辭掩飾性地咳了一聲，別開眼。

許呦還想再問，一個男生從奶茶店出來，八卦兮兮地站在門口，擠眉弄眼道：「哎喲，這不是我們辭哥嗎？站在這裡幹嘛呢？」

兩人回頭看去，李傑毅端著一杯奶茶靠在門框上：「剛剛去幹什麼了？瞧瞧你們這大冬天滿頭大汗的。」

他一出現，許呦才發現奶茶店裡聚了不少人，都是一中的學生。裡面那些男男女女顯然都認識謝辭，有兩三個人在喊：「辭哥，進來玩啊！」

許呦低著頭，呆立在一旁。察覺到李傑毅的打量，她往旁邊退了一小步。

李傑毅不在意，微微一曬，轉頭問謝辭：「你們要出去約會？」

他以為謝辭和許呦已經確定了關係，或者說，他以為謝辭已經把許呦追到了手，李傑毅心裡還有一點羨慕嫉妒恨。

謝辭不耐煩，想掏根菸到嘴裡抽，半途不知想到什麼又放棄。

他側了一下頭，眼睛往一旁瞟，然後隨手幫她把羽絨衣的帽子蓋到頭頂。

她本來就嬌小，臉更小。帽子上的白毛又厚又多，戴上後整個人倒像一隻被淹沒的小倉鼠。乖乖巧巧，挺可愛的。

不過太矮了。

他情不自禁地把手放到許呦頭頂。她視線被阻擋了看不到，雙手亂揮，想打掉他的手。

玩了一會兒，謝辭把自己逗笑了，轉回頭，發現李傑毅還在看這邊。

他頓時不爽了，「看夠了沒？」

「我又沒看你。」

就在這時，不遠處傳來一道熟悉的聲音。

付雪梨小跑步過來，手裡還拿著身分證。她把東西交給許呦問：「呦呦，發生什麼了，妳要幹嘛？」

「沒事，妳不用管了。」謝辭說。

「你先別說話。」付雪梨翻個白眼，雙手扶著許呦的肩膀，「怎麼了？有什麼急事，能告訴我嗎？」

許呦垂著眼，猶豫了一會兒，「有點事，我阿嬤，就是我外婆出了點事，我要回去看她。」

她沒有多說，輕描淡寫地說了個大概。

付雪梨懂了，她神色複雜地看著許呦，「那好吧，我幫妳跟老師請假，妳成績這麼好，她不會懷疑的。」

至於謝辭……就算他三天不來學校，也沒哪個老師會管。

§ § §

下午六點半的飛機，飛機起飛之前，許呦向謝辭借了手機。

她打電話給父母，陳秀雲那邊聲音很吵，她的聲音還啞著問：『你好，請問你是？』

「是我，媽媽。」

許呦坐在最裡面，她捂著話筒低聲問：「我借同學的手機，阿嬤還好嗎？」

陳秀雲嘆口氣，說：『沒生命危險了，還在觀察。』

這話一出，許呦先是心裡一鬆，眼淚差點又掉出來，胸口一直壓抑著的情緒終於得到釋放。

沉默了半晌。

「那好……對了，媽媽。」許呦情不自禁地咬著手指，「我今天晚上不回家，到學校裡住。」

『為什麼？你爸爸不是還在家嗎？』陳秀雲有一瞬疑惑。

許呦趕忙道：「我以為你們不會回來，就和同學提前說好了。」

她實在太乖了，從小到大從來沒鬧過什麼事，聽話乖巧很少撒謊，所以陳秀雲沒怎麼懷疑就相信了，隨便囑咐了一兩句就掛了電話。

許呦把電話還給謝辭時，正好對上他促狹的目光。

她臉一紅。

謝辭翹起一邊嘴角笑，「看不出來啊。」

「什麼？」剛剛哭過，許呦依舊有很濃重的鼻音。

「我還以為妳只會撒嬌，不會撒謊呢，想不到兩個都有一套啊。」

許呦本來想反駁，又覺得有點尷尬，看了看四周。

許呦忽然想到一個嚴肅的問題，「對了，你還沒告訴我呢，你怎麼知道我身分證的？」

「我說，妳這個人挺執著啊。」

謝辭腦袋靠著椅背，蔫蔫地看她，「教室後面，就我座位旁邊貼的體檢報告單，曉得吧？」

許呦點點頭。

「上面有啊。」

謝辭眼睛漆黑，聲音挺低，「早拍下來了，在我手機裡。」

至於為什麼要拍，許呦沒有再問。

廣播開始提醒每個旅客關閉手機，過了一會兒，飛機開始滑行。

座位在機翼處，衝上天空時，許呦的耳膜都感覺到巨大的鼓噪聲。

從臨市飛到溪鎮要兩個鐘頭，飛機上開足了暖氣。許呦穿著羽絨衣，悶得慌。反正飛機上關了燈，到處都昏昏暗暗，也看不清楚。她輕手輕腳地把安全帶打開，脫掉外套。

謝辭冷不丁地問：「嘖嘖，妳很燥熱啊。」

許呦嚇了一跳，食指堵住嘴唇「噓」了一聲。

和他們坐同一排，靠走道的中年男人已經閉著眼睛在休息。她怕吵到別人，刻意壓低聲音，「聲音小一點。」

謝辭湊近，往她耳邊吹了口氣，故意說：「這樣可以嗎？」

許呦不理他，低頭把安全帶重新繫好，外套橫放在膝蓋上。

因為飛機延誤的原因，大概晚上九點才能到目的地，還好飛機上有供應晚餐。柔黃的燈光一盞盞亮起來，空姐推著推車走過，為每一排座位發礦泉水和飛機餐。

安靜的機艙裡漸漸吵鬧起來，等問到許呦他們這一排，謝辭說：「只要一份。」

他把滾燙的小餐盒接過，放下許呦面前的桌架上。

許呦看著他的動作，一愣，「你不吃嗎？」

謝辭搖頭。

這個人……真是太挑剔了……

許呦拿起筷子，撕開餐盒的蓋子，裡面是咖喱牛肉加馬鈴薯，熱騰騰地散發出香味。

她嘗試著吃了兩口，意外地發現味道還不錯。

謝辭的視線低垂，看許呦捧著餐盒安安靜靜地吃，一小口一小口，特別慢，就像進食的小白兔，臉頰一鼓一鼓的。

淺淡的鵝黃色燈光落在她身上，幾縷髮絲自然垂下，遮掩住一部分的側臉。

許呦的胃口很小，吃了一些就飽了。

她伸出舌尖舔舔唇邊的殘漬，一抬頭，和旁邊的謝辭目光撞上。

許呦頓時就有點不好意思，嫩紅的櫻口微張，「你餓了嗎？」

謝辭喉嚨乾澀，搖頭，默了半晌。

她拿著手裡的一袋餅乾反覆研究，「這個是什麼啊？」許呦好奇地問。

謝辭瞄了一眼，「餅乾。」

「喔喔。」

許呦不好意思地笑，「我第一次坐飛機……」

「第一次？」

「嗯……」

「對了。」說到這裡，她又想起來一件事，「我們要買好回去的機票。」

「等等我去醫院偷偷看完外婆，晚上就可以坐凌晨的飛機回臨市了，這樣明天還能趕回去上早自習。」

謝辭順手抄起她剛剛喝過的半瓶水喝了一口，淡淡地道：「可以啊，等下了飛機我買。」

「嗯嗯。」

又過了一會兒，許呦輕聲說：「我還要給你錢呢，這次真的很謝謝你。」

謝謝你……好像這句話，最近這一段時間跟謝辭說過很多遍，許呦一時怔愣。

雖然他大多數時候都插科打諢，找不著調，可每次她最難過的時候，他都陪在身邊。

旁邊的人沒有回應，她正打算再說一遍，謝辭漫不經心地問：「妳哪來的錢？」

「我有錢，我存的錢。」

許呦額頭抵住前面的座椅，想了想後跟他說：「從小到大學校的獎學金，還有競賽的獎金。」

她那模樣一板一眼，還挺正經。

謝辭「嗯」了一聲，故作驚訝：「喲，看不出來妳這麼有錢啊。」

許呦愣了一下就聽到他說：「那敢情好，以後妳就是老大，我跟妳混了啊。」

第十章

她覺得，他可能是夏天裡的一陣風，
吹過人間，離她太遠。

溪鎮不算大，中心醫院只有一家。

飛機一落地，許呦就帶著謝辭隨便攔了輛計程車，直奔目的地。

時間有點晚了，醫院大廳來往的人不多。白晝的燈光下，幾個人零零散散地在櫃檯辦理手續。

許呦飛快地跑到櫃臺詢問：「你們醫院今天有送來一個出車禍的急診病人嗎？」

那個穿著護士服的年輕女人皺皺眉，翻了翻放在旁邊的記錄本，「早上還是下午？」

「早上。」許呦急急忙忙地回。

翻了一會兒，小護士問：「妳是吳雲的家屬嘍？」

吳雲是她外婆的名字。

許呦點頭，「對，就是她。」

謝辭坐在醫院長廊裡，手肘撐在椅背上，看著站在白燈下的許呦。她無助地站在大廳中央，瓷白的臉沒有一絲血色。

「怎麼了？」謝辭看她在電梯前徘徊半天，站起身，走過去問情況。

許呦這一天心情大起大落，她仰頭，神色是放鬆後的疲憊，「我阿嬤沒有大礙，已經轉到普通病房了。」

「幾樓？」

「那挺好的啊，妳現在去看嘛。」他抬手，按下電梯。

電梯門在兩人面前打開，裡面走出來一對夫婦。

「三樓。」

她讓了一步，怕擋著別人的路。

「那就走啊。」

謝辭率先一步踏進電梯裡，把還愣在原地的許呦扯進來。

她稍微掙扎了一下，說：「可是……我怕碰到我媽媽。」

「怕什麼怕？」

謝辭：「我幫妳看著，妳進去和妳外婆說幾句話就走。」

「我媽媽或者我姑姑肯定會守著她，進不去的……」

到最後，謝辭想出一個餿主意，他把外套脫下給許呦。純黑色的外套很大，完全覆蓋了許呦整個人。

刷地一下，拉鍊直拉到她下巴以上，接近鼻梁處，只露出一雙眼睛。謝辭後退兩步打量她幾眼，又上前拉上帽子。

這件外套比許呦人大了幾倍，袖子垂在身側，完全包住她的手，像隻臃腫的企鵝。

「好了，這回妳親爹都認不出妳來了。妳就去門口看看妳外婆，我醫院門口等妳，好了下來找我。」

他彎腰，把口袋裡的菸和打火機、手機掏出來拿到手裡。

許呦微微張口，剛想說什麼，謝辭就轉身進了電梯。電梯門關閉的一瞬間，他似有若無地笑了一下。

許呦最後還是去了外婆的病房，陳秀雲不在，外婆在病床上睡得很熟。

許呦靜靜地站在床邊看了一會兒，也不敢久留，幫外婆掖了掖被子就悄聲離開。

夜晚似乎更冷了。

她從醫院大門口出去，風刮在臉頰上生疼。許呦繞了幾圈，終於在一旁的停車場避風口處找到謝辭。

他側著身子背抵著柱子，低著頭玩手機，唇角咬著一支菸。

她從陰影裡走出來，停到他身外兩三步。

謝辭沒發覺，許呦抬手摘掉他叼著的菸，輕聲說：「別抽了。」

「喲。」

他挑了挑眉，抬起手指勾了勾許呦下巴，啞著聲音一笑，「管起我來了？」

許呦卻皺眉，低頭反握住他的手，「你的手好冷。」

真的很涼，像冰一樣。她心一揪，這才反應過來，他的外套穿在自己身上。許呦急急忙忙拉開拉鍊，脫下外套遞給謝辭。

「快穿上，小心感冒了。」

「終於有點良心了。」

謝辭在她唇邊流連了一下，咳嗽兩聲，拿過自己的衣服。

靜默良久。

許呦把手裡的菸丟到旁邊垃圾桶裡，睫毛輕輕顫動，在安靜的夜裡小聲地說：「餓了嗎？我帶你去吃東西。」

謝辭當然立刻說：「好啊。」

許呦低頭思忖片刻，猶豫地問：「那你喜歡吃什麼？」

「都可以啊。」

十幾分鐘後，兩人去了溪鎮很有名的一條長街，深深繞繞的弄堂隱在兩邊。

夜晚起了淡淡的霧，空氣泛著清涼。

街道兩旁掛著紅燈籠，青石板被昨天的雨水打濕，斑駁一路。

時間有點晚了，路上來往的人很少。

謝辭東看看西看看。他個子高高的，穿著黑色外套，裡面的白色T恤從下襬處露出一截。

許呦掃了他一眼，「把拉鍊拉上。」

他頭一偏，薄薄的唇勾起一點弧度。

「怎麼越走越繞了？妳不會想偷偷把我拐回家吧？」

許呦聽了謝辭的話，有點無語，「我為什麼要把你拐回家……」

「因為我帥啊。」他想也不想。

許呦帶著他去了一家湯麵館，店面不算大，時間這麼晚了，在外面露天座位坐著等的人倒是很多。

許呦和他到裡面找個位置坐下，並排的座位，地方有點小，許呦不得已和謝辭靠得很近。

「吃什麼？」許呦扯了一張衛生紙，碎髮垂在臉側，埋頭認真地擦面前有些油漬的木桌。

「我怎麼知道？」

隱隱約約有食物的香氣飄來，謝辭擠過去，把一部分重量壓到她身上，故意說：「妳是主，我是客，就這樣招待人嗎？」

「你很重。」許呦急忙抬手推了推他的肩，「起來。」

兩個人小打小鬧著，老闆娘拿著小帳本和一支筆走過來，「阿拉丘撒？」

是用當地方言問的，謝辭聽不懂，皺起眉，「什麼啊？」

老闆娘反應過來，以為他們是外地人，用蹩腳的普通話又問了一遍：「你們吃什麼哇？」

許呦放下衛生紙，回頭擺手說：「伊切吾毋吃哩。」

謝辭湊在她耳邊，眼珠一轉，「妳又在說什麼鳥語？」

「我說，我不吃，只有你吃。」她低聲解釋。

看兩人神態親昵，老闆娘笑了一聲，轉而又問：「擱嬤妹妹幫弟弟維屋裡廂咯？（帶男朋友回家呀？）」

「毋茲毋茲（不是不是）。」

老闆娘只當她害羞，又問：「儂對象切撒？（你男朋友吃什麼？）」

許呦搖頭，「伊毋茲吾對象（他不是我男朋友）。」

這回謝辭連矇帶猜，聽懂了兩個字。他很認真地問：「你們在誇我帥呢？」

老闆娘笑起來，許呦小小白了他一眼，「你吃什麼，快一點。」

最後點了一大碗湯麵。

用托盤送過來的時候，白瓷碗裡嫋嫋飄起熱氣，綠綠的碎蔥撒勻在麵上。

謝辭擰眉站起身，「我要他重新做一份，我不喜歡吃蔥。」

「你別這麼浪費啊。」許呦急忙拉住謝辭，讓他坐下。

「我幫你挑出來。」

許呦說著，伸手拿了一次性的筷子，攤開一張衛生紙放到油膩的方木桌上，她把浮在湯麵上的蔥花一點點剔除。

熱霧熏過她乾淨的臉，狹小的餐館，聲音喧擾嘈雜，旁邊牆壁上掛著破舊的小電視機，放著很久之前的港劇。

謝辭不緊不慢地看許呦的一連串動作，輕笑一聲低眸。

兩個人搭晚班飛機趕回臨市，到了之後已經是淩晨兩點多。

深藍色的天空宛如巨大的黑幕，稀稀淡淡的星光，一輪月亮彎而寂靜。

在飛機上時，許呦已經困乏，半開的眼睛支撐不住而閉了起來，睡了一小會兒。此刻從出口處出來，依舊打不起精神。

謝辭側目瞅了瞅她，欲言又止地道：「我們……」

許呦抬頭：「嗯？」

「要去開房嗎？現在才三點不到，能睡一會兒。」

許呦立刻搖搖頭。像是看出她心裡在想什麼，謝辭咳了一下，「我又不會對妳幹什麼。」

「而且……」

他還想再說，許呦急忙讓他停下，「不是，你別誤會了，我就是不喜歡睡旅館。」

謝辭：「……」

沒辦法，從機場走出來之後，他們隨便攔了一輛計程車去市區。

一路上，司機不斷好奇地從後照鏡打量他們，那不加掩飾的目光讓許呦有些不自在。坐她旁邊的謝辭不耐煩，對前面喊：「不是，您看路啊，一直盯著我媳婦看幹嘛？」

司機的目光轉向謝辭，呵呵笑了一聲，打趣道：「年紀這麼小就談戀愛啊。」

謝辭閒閒沒事，和他瞎說起來，「沒，不小了，我們去年連結婚證書都領了。」

「真的？」司機驚訝。

「當然是真的，我媳婦就是看起來顯小，你不知道，別人老說她像高中生。」

「的確像個高中生。」

謝辭笑起來，「是。」

許呦忍不住掐了他一下，小聲嘟囔道：「你亂說什麼呢。」

前面的司機又問，「那你們這深更半夜地去幹什麼了？」

謝辭有模有樣地回答：「陪我媳婦回去看外婆了。」

「喔……這樣啊。」之後司機便專心開車。

兩人在長正路下車，這裡離學校很近，有個購物廣場，燈火敞亮，附近還有幾家二十四小時超市。

許呦不想去飯店開房，也想不到要去哪裡過夜。反正就幾個小時，謝辭就陪她壓馬路。沿著人行道旁邊走，凌晨的街頭，空曠無人，偶爾有呼嘯而過的摩托車。

許呦低著頭，謝辭雙手插在口袋裡走在她旁邊，不時垂眼留意。

「今天……」

「別跟我說謝謝。」他回應得很快。

許呦頓了一下，噗哧一聲笑出來，「為什麼？」

謝辭站定，冒出一句：「說謝謝多沒意思啊，來點實際行動唄。」

「什麼實際行動？」

謝辭瞇起眼睛笑了，他彎腰和她對上視線，「親一下？」

這個人……怎麼這麼不按常理出牌……

許呦攏緊衣服，平靜地問：「你是不是有過很多女朋友？」

時間似乎突然靜止，這突如其來的發難讓謝辭眨了眨眼睛，噎住了，一時半刻竟然不知道如何回答。

她往前走，邊走邊說：「她們說你很壞，因為追你的女生都很傷心。」

謝辭立刻回應，急忙問：「誰說我壞，我哪裡壞了？追我的女生明明很開心才對。」

前面是一個臺階，許呦站上去，回頭接著問：「真的嗎？有什麼好開心的？」

「妳吃醋了啊？」謝辭突然反應過來。

許呦站在高處，低著頭看謝辭。腦袋裡想，他啊，有時候脾氣不太好是真的，偶爾會有耐心，好像認識很多人，大多數的時間裡，總是一副懶洋洋又散漫的模樣。

她覺得，他可能是夏天裡的一陣風，吹過人間，離她太遠。

夜晚漆黑，很靜。她懶得再走，也不想再吹風，隨便找了個避風的長椅坐下來。

謝辭在她身邊，打了個哈欠。

「我們倆……能試試嗎？」不知道過了多久，謝辭開口。

他嗓音壓得很低，所以許呦沒有說話。

過了一會兒。

「你很缺女朋友嗎？」她問。

謝辭：「妳是真傻還是跟我裝傻呢？」

到後來他忍不住，手捏著她的下巴扳過來，微低頭和她面對面：「妳在彆扭什麼？」

許呦垂下眼，睫毛輕輕顫動。

謝辭傾身，拉近兩人距離，「妳是不是仗著成績好，瞧不起我啊？」

「我……」

她移開視線，想了想才說：「不是瞧不起你，只是我們倆……」

「我們倆怎麼了？」他淡淡地應聲。

「不太適合。」

許呦說：「你可能不是真的喜歡我，也許是一時興起，或是無聊寂寞的時候隨便的消遣……」

謝辭聽她說完，又想生氣又想笑。

「我無聊？我寂寞？我消遣？我寂寞了，有一堆人等著我；我想消遣，還需要和妳耗這麼長時間嗎？妳真的看不出來我是真的喜歡妳啊？」

「對不起，我用詞可能有點問題。」她靜靜地想了一下，然後解釋，「我想說的是，我覺得我們都太小了，不管是感情還是什麼也許都不成熟……」

謝辭的眼睛看著她。他鼻梁挺直，臉很窄，睫毛長卻不算翹。眼尾修長內向，有輕微的折痕。

「我管妳說什麼。」

許呦愣住，謝辭一隻手繞到她背後，勾住她的頸項，不由分說地吻上去。

她想推開他，手卻被人反抓住。

他翻身把她壓在長椅上，從紅潤的唇，一路咬到她白白軟軟的臉蛋，最後流連在她薄薄的耳廓處。

他低垂著頭，聲音啞啞地說：「許呦，妳要折騰死我才甘心是吧？」

「我沒有！」許呦掙扎，雙耳燒熱，「你別壓著我。」

謝辭不為所動，貪得無厭的欲念發狠似的冒出來，燒得內心空虛又焦灼。

他重新覆上她微張的唇，喃喃道：「就當可憐一下我行不行？喜歡我會死嗎？」

長椅旁的樹伸展著枝椏，錯落地擋住街道旁霓虹的彩光。

他外套上有很清淡的菸草味，月光層層疊疊地撒落，所有視線都被黑暗吞噬。許呦不敢動，側著臉，眼睛不知道往哪裡看，乾脆就緊閉著。

這種感覺太陌生，心跳加速到不知所措。

謝辭稍重地喘息著，手臂繞過她的腰，壓向自己。

雖然有厚厚的衣服阻隔，背抵著堅硬的木頭還是疼。

「你起來一點，別壓著我，疼。」許呦微微抵抗。

謝辭彎著眼，笑了。緊接著下一秒，她整個人被抱了起來。視野翻轉，姿勢變成他在下，她在上。

「這樣行了？」謝辭抬頭問，白皙的頸線繃直。

「妳喜不喜歡我？」

謝辭碎髮垂在額前，聲音暗啞，一遍又一遍地問。

「喜不喜歡我啊？說話。」

「不喜歡。」她沒有一點猶豫。

「喜不喜歡？」

「不喜歡！！！！」

「到底喜不喜歡，最後給妳一次機會。」他單手捏緊她的下巴，威脅地說。

「不喜歡……」

「真的不喜歡？」

「真的真的，不喜歡不喜歡，一點都不喜歡！」到最後許呦不耐煩了，猛地左右擺頭，把謝辭的手掰開，掙脫他的禁錮，連滾帶爬地撲坐到長椅另一邊。

她把自己的帽子拉上，一副拒絕繼續和他說話的模樣。

「妳別跑啊。」氣都沒喘勻，他又蹭過來，抬起手，揪了揪她帽子上的一圈白毛。

「喜不喜歡我？」

許呦悶了兩三秒，小聲回答，還是說：「不喜歡。」

謝辭一笑，拽掉她的帽子，迅速湊上去又親了她臉蛋一下。

他拉開一點距離，目光定在她臉上，「我長這麼大，求人的次數不超過一千次，我這次認真求求妳，行不行？」

許呦撇開眼睛，本來是不想笑的。

忍了幾秒，他又正經地說：「喂，我這麼帥，不喜歡真的不是人啊。」

「噗！」許呦笑得嗆了一下，用手背掩著嘴，「你能不能別這麼自戀啊？」

謝辭歪著頭看她笑。

冬季深夜漸漸沉寂下來的馬路，時間一點一點過去。兩個人都累了，許呦蜷縮在椅子上，閉上眼睛昏昏沉沉，頭無意識地靠著謝辭的肩膀。

淩晨的破曉時分即將到來，逐漸明亮起來的曙光從不遠處的街頭綻現。

「喂，上學了啊。」謝辭用手背碰了碰許呦的臉頰。

她醒過來，眨了眨眼睛，發現眼前擋著一隻手，愣了片刻。剎那間，不遠處天際撒落著金黃的霞光，從他的指縫間穿過，而陰影擋住她的眼。

§ § §

「呦呦，妳怎麼了？看上去好憔悴喔。」鄭曉琳去後面裝了杯熱水回來，發現許呦又倒在桌上睡覺。

坐她後面的朱小浩也發現許呦不對勁，轉著手裡的筆，「學霸不會感冒了吧？」

許呦淺眠，教室裡又吵鬧，根本睡不著，就是整個人提不起勁來。她起身讓鄭曉琳進去，揉了揉眼睛，「不是，我昨天有點失眠……」

正說著，英語老師突然出現，她站在教室門口說：「小組長把昨天的作業本收齊，放學之前讓小老師放在我桌子上啊！」

說完頓了頓，意有所指地衝著教室後面說，「沒交作業的，下午的課到後面罰站！」

許呦本來還想小瞇一會兒，現在也沒時間了。她嘆了口氣，把書包裡的作業本拿出來，起身一個個收，還好昨天抽時間寫完英語作業了。

收到後排，一聲嬌滴滴的女聲突然在耳邊響起來，「謝辭，交作業。」

許呦收作業的動作愣了一瞬，就又對下一個人說：「同學，英語作業本。」

徐曉成本來趴在桌上睡覺，半夢半醒的，瞇著眼睛在抽屜裡摸索。摸索半天沒摸索到，他低頭在桌上亂找。

「作業本去哪裡了？」徐曉成罵了一句。

旁邊坐著玩手機的宋一帆閒閒地道：「沒寫就沒寫，裝得還挺像。」

「我寫了啊。」徐曉成鬱悶了，他抬頭說，「妳等等啊，我得好好找一找。」

「能不能像我一樣，誠實點，沒寫就直接抄。」

宋一帆嘖嘖兩聲，轉眼對許呦一笑，「許大學霸啊，我們商量一下，能不能借一本作業讓我抄抄？」

反正這節下課時間很長，今天週三不跑操場，還有很久才上課。許呦點點頭，把自己的作業遞給他。

宋一帆看著旁邊的徐曉成翻箱倒櫃地找，一邊龍飛鳳舞一邊耍嘴皮子，「行了行了，今年奧斯卡都給你了，別找了，跟我一起抄吧，成哥。」

徐曉成頭也不抬，「我建議你立即去世，宋黑皮。」

「哈哈哈哈！我靠。」宋一帆抄到笑起來，對在一旁等的許呦說：「馬上馬上，等我幾分鐘，馬上寫完了！」

「也等我幾分鐘，我馬上就找到了。」徐曉成立刻跟著說。

許呦退到一邊，靜靜道：「沒關係，你慢慢找。」

一旁，袁倩倩臂彎抱著作業，停在謝辭桌邊。

「謝辭，你快點，別睡了，交作業。」她輕輕柔柔地叫喚著，趴在桌上的人紋絲不動。

袁倩倩咬咬唇，好脾氣地輕輕拍謝辭肩膀。

徐曉成還在一邊罵罵咧咧地找著作業本，坐在謝辭前面的李小強突然一拍腦袋，急忙收起遊戲快報，衝著後方喊：「成哥！你作業在我這裡！！！」

昨天李小強順手把徐曉成放桌上的作業拿去抄，抄完就放到旁邊，也忘記還回去了。

「你看看我，真是的。」李小強不好意思，嘿嘿笑了兩聲。

「那你倒是快給我啊。」徐曉成翻了個白眼，歎一口氣，坐回座位上。

李小強找到作業本，猛地站起身，準備把作業給徐曉成。他沒料到旁邊還站著一個袁倩倩，一個轉身收勢不及，硬生生把人家女生撞倒了。

「啊！」袁倩倩驚叫一聲，李小強眼疾手快地把她扶住。

人是扶住了，一疊作業本卻脫了手。劈哩啪啦，全部砸在正在睡覺的人頭上。

如果時間能倒流，該有多好。

李小強僵著動作，看謝辭慢慢把頭從雙臂之間抬起來。隨著他起身的動作，「啪」地一聲，掛在肩膀上的作業本落到腿上。

袁倩倩花容失色，蹲下身一本本撿。她才抬手想拿掉謝辭身上的作業本，就被他用手臂一擋。

「你們幹什麼？」他皺著眉，靠著椅背，一副沒睡醒的煩躁模樣。

李小強趕忙鎮靜地解釋，「作業，交英語作業，不寫下午要罰站的，辭哥。」但是謝辭根本沒空理他，他眼睛看到了一旁站著的許呦。

發生這麼大的動靜，許呦背對他站著，壓根沒看這邊。

謝辭低下頭，伸手抓了抓頭髮。

袁倩倩還站在一邊。她咬了咬唇，低聲說：「謝辭，你交不交作業？不交我要走了。」

「啊？」

謝辭反應過來，「喔」了一聲。

袁倩倩忍不住說：「下午要罰站的，你不寫嗎？」

「嗯。」他懶懶靠在那裡，眼神都沒抬。

袁倩倩走了之後，李小強一臉複雜地轉過臉對謝辭說：「辭哥，對待美女，我們用心點吧？」

他還沒說什麼，旁邊就傳來一句：「要對每個美女都用心，阿辭那點心估計早就用完了。」

徐曉成說完就立刻意識到不對。糟了，許呦還站在旁邊等著呢。

他尷尬地咳了一聲，想掩飾過去，宋一帆往旁邊瞟一眼，「你說你，怎麼就管不住你這張賤嘴呢？」

過了一會兒。

「喂，英語作業寫哪裡啊？」謝辭從書桌裡抽出作業，裝模作樣地問了一句。

旁邊的人剛想回答，就看到他轉頭，伸長手臂扯了扯許呦，「寫哪裡啊？告訴我唄。」

許呦回過頭，正好和他雙眼對上。

「書上的翻譯句子。」她說。

「第幾頁？」

「……」

許呦歎口氣，走了兩步到他跟前，單手把英語書翻開，手指往書上點了點，「這題。」

謝辭看著她，略微挑眉，「拿一本讓我抄啊，不會寫。」

那你剛剛怎麼不抄？現在倒作起妖來了，徐曉成翻了個白眼。

許呦神色一頓，往後面看了看說：「我的作業本在宋一帆那裡。」

別人的作業，她也沒權利就這麼給謝辭抄，太沒禮貌了。

「喔。」謝辭把書一蓋，慢悠悠地道：「好，那我下午罰站好了。」

你什麼時候老實罰過站？許呦在心裡默默說了一句。

「也沒事，不就昨天沒來學校嗎？不就是吹了一晚上風嗎……」他說的聲音很小，只有兩個人能聽見。

許呦看著謝辭，覺得好笑。她輕輕搖頭，把放在他課桌上的書本拿起來。

「妳幹什麼啊？」他嘴角牽起，明知故問。

許呦耐著性子回答：「我等等幫你寫。」

宋一帆就坐在旁邊，全聽到了兩個人的對話。其實他早就把作業抄完了，可是他不敢現在就直接還給許呦，如果就這麼給了……宋一帆覺得，謝辭下午大概就會找人把他宰了。

§ § §

星期四中午，學校裡到處都喜氣洋洋的。因為元旦，提前一天半放假，星期一才上晚自習。

按照以往節日的慣例，班裡有些人總會組織全班去吃飯唱歌。今天晚上是跨年夜，有很多人從昨晚就在班級群組裡開始討論今晚跨年夜要去哪裡嗨。

許呦坐在位置上，抄黑板上老師留下來的題目。身邊坐著的鄭曉琳在旁邊興奮地和後面的人討論今晚跨年夜去哪裡玩。

一陣窸窸窣窣的討論聲音傳來：

「我們今天去平安街大鐘樓那裡跨年吧！」

「你忘記上次去差點發生踩踏事故，還敢去。」

「能不能有點新意？平安街那裡，晚上肯定要擠爆。」

「哈哈哈哈，你忘記去年去平安街玩倒數，結果周圍全是情侶，都是一對一對的，心裡受到的刺激很大知道嗎？」

「我不要，我要在家看芒果衛視的跨年晚會。」

「你好無趣喔……」

「……」

「喔，對了！呦呦，妳晚上去哪裡？」

鄭曉琳突然想起來似的，轉過頭來問：「妳今天晚上有空嗎？」

「啊？」許呦手上正在忙，沒聽清楚，「妳說什麼？」

鄭曉琳才想再說一遍，面前突然有一道高高瘦瘦的人影。她一頓，想說的話都哽在喉嚨裡。

謝辭手插在外套口袋裡，靠在講臺上，用膝蓋頂了頂許呦的書桌，「下午出去玩啊？」

「你讓開，擋到我抄題目了。」許呦稍稍起身，頭往左邊探。

他笑了一聲，眼瞼垂下去問：「去不去？」

許呦搖頭，「不去，我有事。」

不是謊話，她是真的有事。最近她總是間歇性胃痛，今天放假，陳秀雲剛好有時間，說要帶她去醫院給醫生看看。

「什麼事？」他聲音低下來。

「很重要的事。」

他不依不饒：「怎麼樣？」

許呦抄完最後一個字，筆尖在紙上頓了頓，她輕聲回答：「你別問了，我真的有事。」

「是不是我每次找妳，妳都有事？」謝辭聲音很淡地問。

許呦啞口無言，握緊手心裡的筆蓋，繼續搖頭，氣氛一時間有點僵住。

旁邊的人悄悄看看許呦，再看看謝辭，再看看許呦，誰也沒出聲。

等了兩三秒，她頭垂得很低，一言不發。謝辭喔了一聲，然後從講臺上走下去，出了教室。

許呦愣愣地看他的背影，心裡想，他好像……生氣了……

鄭曉琳呆滯半晌，消化了一下「謝辭主動來邀請許呦出去玩」這件事。畢竟在她眼裡，兩個人完全是八竿子打不著的。

一個是性格內斂的溫柔學霸，一個是不學無術，長得很帥的學渣……她反射神經有點長，此刻才猛然覺醒，大聲叫道：「呦呦，謝辭他是不是在追妳啊！」

坐在後面的朱小浩手扶著額頭，默默無語，這是全班都知道的事情……

「感覺謝辭剛剛有一瞬間好可怕，眼神都是涼的。」鄭曉琳拍拍胸口，對許呦念叨，「妳是新來的不知道，謝辭其實脾氣挺大的，但是他挺久沒發過脾氣了，現在也很少發脾氣了。他以前一生氣，就喜歡和別人動手，也沒誰敢惹他……」

§ § §

下午，市醫院在這種過節的日子依舊人滿為患。大廳裡神色憔悴的人來來往往，幸好陳秀雲提前預約好了，就直接帶許呦去手術室那邊。

不過前面還有些人在排隊，陳秀雲和許呦坐在長椅上等待。

「妳阿嬤說前幾天作夢，夢到妳去看她了呢。」

聽到這句話，許呦一愣，「啊……」

「阿嬤說太想妳了。」

「我也想阿嬤。」

許呦心裡有些發酸。

「她年紀大了，身體也不好了，唉……」陳秀雲手裡拿著許呦的體檢單看，「妳以後讀書，別讀到那麼晚，把身體都搞垮了。」

「我天天半夜起來，看妳房間燈還是亮的……」

許呦「嗯」了一聲，「作業多啊，媽媽。」

「妳平時可以在學校寫完嗎？」陳秀雲幫許呦整理領口，「妳看妳每次月經來，痛得飯都吃不了，就是平時沒睡好……」

話正說著，手術室的門推開，一個護士探出頭來喊：「八十九號，許呦在嗎？」

「在在在。」陳秀雲牽著許呦起來。

胃檢實在有點麻煩。

要先照胃鏡，許呦吃了一小瓶類似膠囊的藥，接著被全身麻醉，躺到手術床上。

前面還有兩三個人，她在等待時不知不覺地睡去。等醒來，已經是下午四點鐘。

檢查結果出來後，醫生說沒有大礙，只是有點慢性胃炎，要她平時注意飲食。

許爸爸今天晚上有應酬，陳秀雲也要留在醫院照顧剛生產完的陳麗芝，所以許呦只能一個人坐車回家。

她剛全身麻醉，全身無力，洗了個澡就倒在床上睡了。再醒過來，是被放在床頭櫃上的手機鈴聲吵醒的。

「喂……」許呦翻了個身，抹黑摸索手機，放到耳邊。一貼近耳朵，那邊喧擾嘈雜的背景音瞬間穿破電話，直達耳膜。

許呦皺眉，拉開了一點距離，看了一眼來電顯示。

§ § §

跨年夜，九班的一大群人在倒數計時的鐘樓旁訂了一家飯店。

從六點多開始吃吃喝喝，到現在正玩得興起。

「辭哥，晚上要不要去跳舞啊？我朋友新開了一家。」桌上一個男生喝了口酒，「我沒去過，不過聽說很嗨。」

「在哪裡啊？」宋一帆問。

「不遠，就中百廣場旁邊一點。」

宋一帆轉頭問謝辭：「阿辭去嗎？」

「不去。」他頭也沒抬，咬了根菸在嘴裡。

宋一帆見他絲毫不感興趣的模樣，疑惑了一瞬，隨即又恍然大悟：「喔……也對……你是有家室的人了。」

謝辭不語，身邊的氣壓又低了幾分。

「什麼？謝辭有女朋友了？什麼時候的事啊？沒聽說啊。」有人詫異。

宋一帆嘴賤：「嘖嘖嘖，這事吧，說出來你可能不信……」

「你有完沒完，欠揍嗎？」謝辭看不清表情，靜靜坐在那裡，低垂著頭把玩打火機。

宋一帆立刻噤聲。

坐在對面的李傑毅看謝辭又從桌子上拿起酒喝，突然想起來，掃視了一圈周遭，疑惑道：「不對啊，許呦今天怎麼沒來？」

本來謝辭整個人就挺頹廢的，一直不怎麼說話。聽到這個名字，倒有了點反應。他斜眼，「你什麼時候和她這麼熟了？」

李傑毅笑嘻嘻，無辜道：「你能不能行行好，名字都不許別人喊了？」

就在這時，大廳門口被打開，服務員領了一個人走進來。她披散著黑髮，圍著綠色的寬大線織圍巾，白色羽絨衣。

喧鬧的人群沒注意到門口的那點小動靜，但是坐在宋一帆這一桌的人瞬間安靜下來。

謝辭還在低頭抽菸，手臂被人撞了撞，他抬頭。

許呦被付雪梨三番五次的電話催得沒辦法，她就在電話裡稍微和陳秀雲商量了一下。陳秀雲問了兩句情況，許呦回答說去和現在班上的同學跨年。

陳秀雲又囑咐她在外面小心安全，別玩太晚，其他的也同意了。

許呦和付雪梨坐在一起，桌上全都是九班的學生。

「呦呦，妳吃了沒有啊？」付雪梨看到她來了就開心，「等等我帶妳去江邊看煙火。」

許呦把圍巾拿下來，瞇起眼睛一笑，「哈哈，好啊。」

「桌上菜都快沒了，我重新幫妳叫一份上來。」付雪梨抬手。

許呦急忙拉住她，說：「不用太麻煩，我下午做了胃檢，只能吃點清淡的東西。」

「啊？」付雪梨低頭看她的臉，有些擔憂，「沒事吧？我不知道妳生病了，還叫妳出來。」

「沒什麼大事。」她小聲解釋。

「那妳能吃什麼？」

「喝一點粥就可以了。」

過了一會兒白粥上桌，許呦拿起勺子，一點一點舀起來，吹涼，然後送入嘴裡。

李小強手裡拿著一張餅吃，邊吃邊低頭玩手機。旁邊朱小浩湊上來看他在幹什麼，誇張地感歎一聲，「我靠，李小強你好娘啊，還在看言情小說。」

「瞧瞧，這什麼名字。」朱小浩把頭湊得更近。

「你別說話。」李小強一躲，按了鎖屏，還是不幸被朱小浩看到了。他一個個把書名念出來：「悍夫、拾歡、他和她的貓……」

「別說了。」李小強超級尷尬，大臉紅透。

周圍的人全部笑起來。

「我等等要帶許呦去江邊，不跟你回去了。」付雪梨以手托腮，眼睛看向旁邊的許星純。

他僅僅點了一下頭，其他再無言語。

「呿。」付雪梨伸手戳了戳許星純下巴，「你不開心？」

許星純捉住她亂動的手，放到腿上。

今天放假，他沒穿校服，而是穿著自己深藍色的外套，下面是簡單的牛仔褲。腿長身高，長得又乾乾淨淨特別秀氣，惹得剛剛服務生小妹多看了好幾眼。

「幹嘛？」付雪梨想抽回自己的手，卻發現他默默抓得很緊。

「幾點看完？」他問。

付雪梨心裡笑了一下，故意說：「你能不能別這麼拐彎抹角？」

§ § §

許呦怕燙，只能小口小口地喝粥。

她吃東西的時候很專注，埋著頭，眼睛盯著碗裡看。沒吃一會兒，頭頂上方突然傳來一道聲音，「頭髮。」

許呦動作一頓，謝辭單手撐著椅背，牽著她一小縷髮絲，對旁邊的李小強說：「換個位置。」

他坐下，她覺得更不自在。

下午的時候……他明明還在生氣。

許呦想盡力無視他，一勺一勺地舀粥。

謝辭喝了點酒，整個人懶洋洋的。他單腳踏在椅子的橫欄處，微微傾身，白皙的臉有點紅暈。

「我下午打電話給妳，故意不接？」

他真是被弄得沒脾氣了，煩了一個下午，一閒下來就想到她，想了然後繼續煩。但是就在剛剛看到許呦的一瞬間，什麼氣都飛走了一大半。本來他想坐在位置上矜持幾秒鐘，不主動去找許呦，哪想得到她壓根像看到別人似的。

又忍了半天，他內心煎熬著，終究忍不住，在宋一帆他們揶揄的目光下起身。

許呦想到他說的電話，低著頭，放緩了吃粥的動作，「不是，我在醫院，應該沒聽到。」

「醫院？妳去醫院幹什麼？」他的眉瞬間擰起來。

許呦答：「沒什麼大事，去做個檢查。」

「那妳中午跟我說妳有事，就是去醫院？」他追問。

許呦點頭，捏了捏不銹鋼的勺子。

「許呦。」謝辭喊她名字。

許呦抬頭，他旁若無人地湊近，低聲說：「下次別惹我生氣了。」

「什麼？」許呦莫名。

謝辭盯著她，沉著聲一字一句地說：「我是喜歡妳才沒脾氣，知道嗎？」

「咳、咳咳。」許呦一口粥噎在喉嚨裡，沒緩過氣來。

「紙，紙，給我面紙。」她咳嗽著，半捂住嘴，在桌上摸索著餐巾紙。

付雪梨聽到動靜，眼睛看過來，連忙從包包裡翻出一張面紙遞過去，「來來來，怎麼被嗆到了？」

她剛剛側頭在和許星純說話，沒注意到這邊。

謝辭看許呦咳得前仰後合，淨白的臉上染上幾絲紅暈。

他低下頭去瞧，手放到她背上拍打，「妳沒事吧？」

許呦揮手，說不出話，只能搖搖頭示意自己沒事。

他看了她幾秒，「那妳聽清楚我剛剛跟妳說什麼了嗎？」

「沒有。」

「嗯。」謝辭笑了，「妳真當我沒脾氣啊？」

許呦攪著粥，也不看他，就輕聲道：「這是你自己說的。」

謝辭立刻問：「前面那句話呢？沒聽到還是怎麼樣？妳成績那麼好，重點不會抓啊？」

「謝辭，我想跟你商量一件事。」她的表情很正經。

「什麼事？」

謝辭被吊起好奇心。

許呦說：「我要吃飯，所以你現在能不能別和我講話？」

許呦又喝了一口粥，低垂的視線不變。放下湯匙，騰出右手去轉他的臉頰，補充道：「也別看著我。」

不自覺的親近動作，做起來卻無比自然。

兩個人同時一愣，許呦像被燙到一樣，快速縮回手，後知後覺地反應過來。

謝辭重新偏過頭，看了她一眼，無聲又緩慢地笑著。

他們不知道從什麼時候開始，關係變得有些微妙。

許呦沒吃多少東西，粥也只喝了半碗。整個過程裡，謝辭很安靜地坐在旁邊陪她，真的沒有再說一句話。

看到這一幕，眾人神情各有不同，或驚訝，或了然，或壞笑，顯然心照不宣。

飯店三樓是唱歌的地方，九班坐的幾桌人吃完喝完，陸續去了上面唱歌，大家都等著十二點一起去跨年。

他們班富二代很多，出手都是大手筆，直接弄了個超級旗艦包來玩。

場地很大，燈光很閃，供休息的真皮軟沙發擺在兩邊一長條。服務生抬幾箱啤酒進來，幾台推車上全是吃的，水果、爆米花、瓜子、飲料……一應俱全。

宋一帆最能鬧，二話不說第一個唱，點了首《單身情歌》。

唱到高潮部分，他特別陶醉，左手開始揮起來，「左邊的朋友們，讓我看到你們揮舞的雙手，跟我一起唱好嗎！」

沒人理他，宋一帆裝模作樣地遞出右手握著的麥克風。

坐在那裡的一群人笑得不行，徐曉成丟了個抱枕過去，大聲笑罵道：「省省吧你。」

宋一帆頭一歪，躲過襲擊，又閉著眼喊了一句：「右邊的朋友們，人浪不夠大！！！讓我體會到你們熱情！！！」

全場被逗笑。

許呦整個人很困乏，又很少來這種娛樂場所，只能置身事外當個觀眾，看他們玩樂。

點歌機旁圍著很多人，她看了看手機，九點三十分，已經快十點了。

許呦想再過一會兒就回家，她不能在外面待到太晚。

正發著呆，斜前方不遠處，一個男生手裡握著麥克風，聲音被擴大數倍，在音箱裡響起，「噯，都是我們幾個歌王唱多沒意思啊，找幾個學霸來唱唱？」

這個提議引起很多人歡呼。

「學霸啊，班長呢？」有人轉頭找沒找到，卻一眼看到在沙發上坐著的許呦。

「哎喲，那個、那個，許呦！！！！來為我們唱一首。」

被人指中，許呦一愣，還沒來得及反應，拿著麥克風的男生已經走到跟前。

「學霸，想唱什麼歌，幫妳點吧？」

那個男生把麥克風遞給許呦。

許呦擺手拒絕。她從小就沒音樂細胞，流行歌曲沒聽過幾首，只會唱幾首兒歌。

男生不罷休，不依不饒地道：「沒關係啊，會什麼唱什麼。」

「來嘛來嘛。」

「那個……」許呦清了清嗓子，有些尷尬地解釋，「對不起啊，我真的只會唱兒歌……」

從廁所一回來，謝辭推開包廂的門，就聽到裡面傳來一陣：

「阿門阿前一顆葡萄樹，阿嫩阿嫩綠地剛發芽，蝸牛背著那重重滴殼啊，一步一步……」

有些稚嫩的童聲，調子活潑輕快。

他手一頓，退出身子抬頭望了望，懷疑自己走錯了地方。一進去，許呦背對著他，雙手握住麥克風看大螢幕，認真地唱著歌。

她唱起歌來也不動，就那麼站著，正經極了，身邊還有個和她一起唱的女生。兩個人你一句我一句，旁邊李小強雙手拿著搖鈴，一上一下，為她們加油，「唔喔～～姚春餅，妳可以的！」

「哈哈哈哈哈哈！辭哥，妳媳婦真逗。」

宋一帆過來和他勾肩搭背，邊笑邊說：「太可愛了，現在怎麼還有這種妹子啊？我不行了，真的快笑死了，我真是想……」

謝辭看他一眼，「怎麼樣？」

「哪敢怎麼樣，什麼都不敢，想都不敢想。」宋一帆立刻搖頭。

《蝸牛與黃鸝鳥》唱到一半，謝辭撐著頭，半個身子仰躺在沙發上。他翹著腳，又聽了兩秒鐘，唇角扯起來，忍不住笑開了，越笑越停不下來。

在KTV唱這種歌就算了，這種兒歌的曲調居然還能讓許呦跑到北極去，也算是一種本事了。

其實許呦也唱得很不好意思，因為老是跟不上調。她聲音小小的，跟著旁邊的姚春餅一起混，旁邊還有不少人起鬨。

手機放在褲子口袋裡，一響起來就震動，她立刻感覺到了。

許呦立刻放下麥克風，推開門跑到走廊上接電話，是陳秀雲打來的。

「喂，媽媽。」

『回家了嗎？』

「還沒有，和同學在一起。」

『還沒吃完飯？』

「吃完了。」她說。

『什麼時候回家？別太晚了，都快十點了，媽媽不放心。』

「嗯……我應該快了。」許呦背靠著牆講電話，正說著，門從裡面被人拉開。

「噓。」許呦看了一眼，立刻無聲地對謝辭比了一個手勢，示意他安靜。

陳秀雲還在說：『跟同學多接觸接觸也好，不過時間……』

這裡訊號不好，聲音斷斷續續。許呦起身，挪動腳步來回轉繞，答應道：「媽媽知道了，我馬上回去，到家傳訊息給妳……」

剛掛了電話，手臂就被人拉住，他隨口問：「妳要走了？」

「嗯。」許呦收起手機。

謝辭頭一歪，「送妳？」

—未完待續—

高寶書版集團
gobooks.com.tw

YH 022
她的小梨窩（上）

作　　者　唧唧的貓
責任編輯　陳凱筠
封面設計　李涵硯
內頁排版　賴姵均
企　　劃　方慧娟

發 行 人　朱凱蕾
出　　版　英屬維京群島商高寶國際有限公司台灣分公司
　　　　　Global Group Holdings, Ltd.
地　　址　台北市內湖區洲子街88號3樓
網　　址　gobooks.com.tw
電　　話　(02) 27992788
電　　郵　readers@gobooks.com.tw（讀者服務部）
　　　　　pr@gobooks.com.tw（公關諮詢部）
傳　　真　出版部(02) 27990909　行銷部 (02) 27993088
郵政劃撥　19394552
戶　　名　英屬維京群島商高寶國際有限公司台灣分公司
發　　行　英屬維京群島商高寶國際有限公司台灣分公司
初　　版　2020年 12 月

本著作物由北京晉江原創網絡科技有限公司授權出版。

國家圖書館出版品預行編目(CIP)資料

她的小梨窩/唧唧的貓著. -- 初版. -- 臺北市：高寶國際出版：高寶國際發行, 2020.12
冊；　公分. --

ISBN 978-986-361-952-9(上冊：平裝). --
ISBN 978-986-361-953-6(下冊：平裝). --
ISBN 978-986-361-954-3(全套：平裝)

857.7　　109018383